U0148301

闻道学术作品系列

# 吹箫小集

王稼句◎著

安徽师范大学出版社
ANHUI NORMAL UNIVERSITY PRESS
·芜湖·

图书在版编目(CIP)数据

吹箫小集 / 王稼句著. — 芜湖 : 安徽师范大学出版社,2022.9
(闻道学术作品系列)
ISBN 978-7-5676-5842-4

Ⅰ.①吹… Ⅱ.①王… Ⅲ.①随笔-作品集-中国-当代 Ⅳ.①I267.1

中国版本图书馆CIP数据核字(2022)第173191号

**吹 箫 小 集** 王稼句◎著
CHUI XIAO XIAO JI

丛书策划: 戴兆国 桑 农
责任编辑: 胡志恒 责任校对: 胡志立
装帧设计: 王晴晴 责任印制: 桑国磊
出版发行: 安徽师范大学出版社
芜湖市北京东路1号安徽师范大学赭山校区
网 址: http://www.ahnupress.com/
发 行 部: 0553-3883578 5910327 5910310(传真)
印 刷: 安徽新华印刷股份有限公司
版 次: 2022年9月第1版
印 次: 2022年9月第1次印刷
规 格: 880 mm × 1230 mm 1/32
印 张: 8.125
字 数: 126千字
书 号: ISBN 978-7-5676-5842-4
定 价: 38.00元

# 题　记

我虽是苏州人，对伍子胥却没有什么好感，但“吴市吹箫”的故事，从小就知道，还曾想象伍子胥在闹市吹箫讨饭，给城管训斥一顿，他忍声吞气，敢怒不敢言的窘态。

那是在鲁昭公二十年，楚平王杀了伍子胥的父兄，他逃出郢都，跋山涉水，历尽险阻，来到吴国。《史记·范雎蔡泽列传》说：“伍子胥橐载而出昭关，夜行昼伏，至于陵水，无以糊其口，膝行蒲伏，稽首肉袒，鼓腹吹篪，乞食于吴市，卒兴吴国。”伍子胥吹的“篪”，乃古乐器，《诗·小雅·何人斯》云：“伯氏吹壎，仲氏吹篪。”毛传：“土曰壎，竹曰篪。”延至后世，“篪”消失了，人们只知它是似笛非笛的单管横吹式乐器，难以断定具体形制和吹奏方法，于是改“篪”为“箫”，成语“吴市吹箫”就是这样来的。直到一九七八年，湖北随县曾侯乙墓出土了两支篪，才知道它用竹管制成，长约三十厘米，两端封闭，管身开有吹孔一、出音孔一、指孔五,吹奏时,吹孔、出音孔在上,指孔朝外。出土的篪,管身以黑漆为地,布满朱黄相间的线描绹纹、三角雷纹和变形菱纹等纹饰,那是贵族乐团吹的篪,民间的篪应该简朴得多。

不管伍子胥是吹篪还是吹箫,都是为了招徕观众,与街头卖唱是一回事。

吹箫作为招徕市声,迟在汉代就成为卖糖人的专利。《诗·周颂·有瞽》云:“既备乃奏,箫管备举。”郑玄笺:“箫,编小竹管,如今卖饧者所吹也。管如篴,并而吹之。”王应麟《汉制考》卷四说:“卖饧之人,吹箫以自表也。”在前人的咏唱里,吹箫与卖糖就常常联系在一起,如宋祁《寒食假中作》:“草色引开盘马路,箫声催暖卖饧天。”王十朋《次韵潘先生寒食有感》:“花媚韶光柳弄烟,箫声处处卖饧天。”陆游《寒食省九里大墓》:“陌上箫声正卖饧,篮舆兀兀雨冥冥。”曹学佺《木渎道中》:“卖饧时节近,处处有吹箫。”更有称卖糖之箫为“饧箫”的,如杨恢《倦寻芳》词:“饧箫吹暖,蜡烛分烟,春思无限。”陈维崧《蝶恋花·春闺同周文夏赋》词:“往事不堪重忆得,饧箫阵阵催寒食。”查慎行《奉陪座主徐公游一亩园次吴京兆韵》:“又是一番寒食过,饧箫声里雨如丝。”可以想见卖糖人，一边走一边吹着箫，神情颇为悠闲。大概晚明以后，敲锣敲钲卖糖的越来越多，吹箫卖糖的越来越少。徐渭《昙阳》云：“托钵求朝饭，敲锣卖夜糖。”褚人穫《坚瓠补集》卷一录前人《糖担圣人》一首，诗云：“曾记少时八九子，知礼须教尔小生。把笔学书丘乙已，惟此名为大上人。忽然糖担挑来卖，换得儿童钱几文。岂知玉振金声响，仅博糖锣三两声。”蔡云《吴歈百绝》云：“昏昏迷雾已三朝，准备西风入夜骄。深巷卖饧寒意到，敲钲浑不似吹箫。”但仍有吹箫的，咸丰时人潜庵《苏台竹枝词》便有“卖饧天气听吹箫，拾翠人归冶服娇”之咏。

在我童年时代的上世纪六十年代前期，时常有糖担从巷里走过，有的敲小铜锣，有的大声吆喝，他们都以糖来易换废铜烂铁或破衣、畜骨、头发，以及废书报、牙膏壳子、碎玻璃等等。有的挑一副担子，一头是放糖的木匣，另一头是安放废品的箩筐，这往往是换麦芽糖的。有的仅挑一只箩筐，上置木匣，分格放糖，盖以玻璃，俗称桥篮，那都是换颗粒硬糖的。麦芽糖很黏，切时要用较重的铁刀按在糖面上，再用锤子或铁板在刀背上敲打，长长的糖块才能切落下来，故又有“丁丁当当”的声音。听到这声音，孩子们就各自奔了出来，将糖担围得密不透风。有个中年汉子，他却吹箫，那箫是黄铜的，三四寸长，吹起来，音色应该激越、清脆，很远就能听到，只是他吹得不大高明，似乎只有"呜呜"之音。他也是收废品的，如果拿不出什么废品，也可以买，一分钱两分钱，他就敲下狭狭的一条，比起巷口杂货店卖的水果糖，那要合算得多。

一晃五六十年过去了，我已步入花甲之年，每当清宵梦醒，时常会想起那副糖担子，那"呜呜"的铜箫声，还有那麦芽糖黏黏的甜味。这都是前尘影事，想追也追不得了。将这本小集，题名"吹箫"，正是对童年生活的回想，尽管当年生活艰苦，三年困难时期，店中货架皆空，在糖担边上嚼着那一小条麦芽糖，真有满满的幸福感。知堂晚年也有卖糖的回忆，《儿童杂事诗·夜糖》云："儿童应得念文长，解道敲锣卖夜糖。想见当年立门口，茄脯梅饼遍亲尝。"他在《药味集·卖糖》的附记中又作了引申："看一地方的生活特色，食品很是重要，不但是日常饭粥，即点心以至闲食，亦均有意义，可惜少有人注意，本乡文人以为琐屑不足道，外路人又多轻饮食而着眼于男女，往往闹出《闲话扬州》似的事件，其实男女之事大同小异，不值得那么用心，倒还不如各种吃食尽有滋味，大可谈谈也。”知堂只是举例，其实无不可谈也。如果要设一个门槛，那就是既要给人以思想，又要给人以知识。

这本小集就是顺着知堂的意思来的。

二〇二一年七月三十日于苏州

# 目　录

# 忆得素儿如此梅

冬至既过，就进入九里天了，约几个熟人去东山看蜡梅，想不到那天飘起了小雨，有的病了，有的畏寒，有的另有公干，只去了约定的半数，那也不去管他了，如果花儿有知，自然也知道“最难风雨故人来”的。

王惠康先生以造园为业，这个号为嘉树堂的小园，就是他自己修建的，凿池叠石，添屋补廊，颇有几处掣胜之笔。在前厅和后厅之间，有个不小的庭院，左右各有一株蜡梅，撑满了整个中庭，据说它们都有三百多年的历史了。雨天里，蜡黄的花瓣、花苞凋落满地，抬头仰望，还是枝条扶疏，缀满了花朵。

蜡梅与梅不是一类，蜡梅属蜡梅科落叶灌木，梅属蔷薇科落叶乔木。蜡梅得名甚晚，陈继儒《岩栖幽事》说：“考蜡梅，原名黄梅，故王安国熙宁间尚咏黄梅诗，至元祐间，苏、黄命为蜡梅。”同时又称它腊梅,一以其花瓣之色,一以其花开之时,都是可以的。想不到后世也会有笔墨官司,王世懋《学圃馀疏·花疏》就说:“蜡梅是寒花绝品,人言腊时开,故名腊梅,非也,为色正似黄蜡耳。”其实,苏轼虽称其腊梅,然其色正如黄蜡,《腊梅一首赠赵景贶》云:“天工点酥作梅花,此有腊梅禅老家。蜜蜂采花作黄蜡,取蜡为花亦其物。天工变化谁得知,我亦儿嬉作小诗。君不见,万松岭上黄千叶,玉蕊檀心两奇绝。醉中不觉度千山,夜闻梅香失醉眠。归来却梦寻花去,梦里花仙觅奇句。此间风物属诗人,我老不饮当付君。君行适吴我适越,笑指西湖作衣钵。”黄庭坚则径称蜡梅,《戏咏蜡梅二首》注云:“京洛间有一种花,香气似梅花,亦五出,而不能晶明,类女功捻蜡所成,京洛人因谓蜡梅。木身与叶,乃类蒴藋。窦高州家有灌丛,能香一园也。”于那蜡字,亦有别解,谢堃《花木小志》说:“名蜡者,因有蜡虫,嗅则伤人。”正是附会了,蜡虫即白蜡虫,成群栖息在白蜡树或女贞树上,雄虫能分泌白蜡,李时珍《本草纲目·木三·女贞》说:“立夏前后取蜡虫之种子,裹置树上。半月,其虫化出,延缘枝上,造成白蜡,民间大获其利。”蜡梅树上哪会有什么蜡虫。

前人对蜡梅，都很称赞，这里只举元人张翥的半阕《水龙吟》："玉人栀貌堪怜。晓妆一洗铅华尽。此花应是。菊分颜色，梅分风韵。萼点驼酥，口攒金磬，心凝檀粉。甚女贞染就，仙衣绝胜，蜂儿重，鹅儿嫩。"对蜡梅形色的描绘，几乎到了极致的程度。李渔《闲情偶寄·种植部·木本第一》则说："蜡梅者，梅之别种，殆亦共姓而通谱者欤，然而有此令德，亦乐与联宗。"这是就蜡梅的精神境界而言的，一岁之杪，天寒地冻，花事寥落，惟有蜡梅冲寒盛开，点缀着这荒寂的天地，况且它的花期较长，似乎在等待第一番花信风。因为它既耐寒又耐久，故又有"寒客"、"久客"的别称。

蜡梅有多种，范成大《梅谱》说："蜡梅，本非梅类，以其与梅同时，香又相近，色酷似蜜脾，故名蜡梅。凡三种，以子种出，不经接，花小香淡，其品最下，俗谓之狗蝇梅。经接，花疏，虽盛开，花常半含，名磬口梅，言似僧磬之口也。最先开，色深黄，如紫檀，花密香秾，名檀香梅，此品最佳。蜡梅香极清芳，殆过梅香，初不以形状贵也。"此外还有荷花梅，素心瓣圆，花型略似荷花。至于未经嫁接的狗蝇梅，就不入流品了，但好事者仍讹音称其九英梅。据主人说，院中这两株蜡梅是檀香梅，大概因为在雨天里，它的香并不浓烈，只是隐隐约约，似有似无。

主人早早就来了，在厅上烧起了炭墼，满室温暖如春，先茶后酒。席间我讲了一个故事，说宋人王直方父亲家有许多侍儿，其中一小鬟名素儿，生得尤清丽，王以折枝蜡梅花送给诗人晁补之，晁以七绝五首答谢。其中一首云："去年不见蜡梅开，准拟新年恰恰来。芳菲意浅姿容淡，忆得素儿如此梅。"一时传为佳话，蜡梅也得了一个"素儿"的雅称。

天色不早了，雨仍在下着，告别主人出门，在车上想起，应该问主人讨一簇折枝蜡梅，插在青花瓶里，也可几日供养，但又一想，我这样的凡夫俗子，不要唐突了"素儿"才好，还是将它那素净淡雅的倩影，留在记忆中吧。

二〇一八年一月十五日

# 韦明铧小记

扬州韦明铧，四九年生人，若按虚岁，今年七十了。他并不想学湖上笠翁，“避人作寿走天涯”，反倒让我写点什么，所谓雪泥鸿爪，总归前缘。我从未写过明铧，此次却有意要去凑趣，最省事的是写首贺寿诗，或写副贺寿联，诗和联都可虚可实，可惜我都做不来，只好写篇短文，聊作嘏辞。

我何时何地又是何机缘，认识明铧，真有点想不起来了。只记得九十年代中期，我在《苏州杂志》做编辑，在那黝黯的北间里编他的来稿。当时他还不用电脑，稿子都是手写的，一张纸三百格，有时十来张，厚厚一叠，塞在信封里，挂号寄来。他的字写得中规中矩，有点右军的味道，应该是下功夫临过帖的。至于文章，合乎我的胃口，也就来得正好了。当时陆文夫先生是杂志的主编，他的原则是非写苏州不登，明铧是冲着这本杂志来的，也就写了一组苏州和扬州的文化现象比较，如《扬州脚，苏州头》，谈明清两地风俗；《扬州调，昆山腔》，谈两地戏曲渊源；《扬州刀，苏州片》，谈两地古董作伪；《扬盘，苏意》，谈两地文化异同。由于他的知识构架完整，文字讲究，行文也有尺度，在我当时看来，真是不可多得的好作者了，好作者的稿子，不需要编，规范一下就可发稿了。某年，我编了一组“沈复与《浮生六记》”的专稿，约了陈梦熊、江慰庐等先生，杂志印出后，给明铧看到了，他就给我来信，说沈复早年随父至“邗江幕中”，后来他自己又“就维扬之聘”，芸娘是死在扬州的，落葬“扬州西门外之金桂山”，芸娘死后，沈复“复至扬州，卖画度日”，因此要谈《浮生六记》，扬州的内容不可或阙。这个题目出得好，但也只有明铧能写，就向他约稿，于是他写了一篇《寻找芸娘》，芸娘固然是找不到了，但这篇文章写得实在精彩，不失为研究《浮生六记》的佳作。

一九九七年岁末，我奉调古吴轩出版社，明铧找我，说当地编了一套“扬州文化丛书”，要想出版，后来我推荐给苏州大学出版社，印出以后，广受欢迎，还得了中国图书奖。如果要说到这套书的始作俑者，那应该也是明铧。在这套书里，明铧自己写了一册《扬州掌故》，其中“扬苏谈荟”一辑专谈扬州和苏州的文化关系，既谈苏州文化在扬州，也谈扬州文化在苏州，包括当年在《苏州杂志》上写的两地文化比较，当然都作了修订。他说："在江南文化圈里，有许多重要的城市。最能代表江南文化精髓的，应当是扬州和苏州。南京和杭州都是旧京，因而多少有了几分帝王气，从而失却了江南文化的平民色彩。"明铧热爱扬州，以半世精力来研究扬州，涉及广阔，开掘深刻，但他最关心的，也还在扬州的平民文化。

明铧是扬州文化专家，与南京薛冰先生，与不佞，被人戏称江南文化的"铁三角"，凡出版社组稿，经常是三人凑在一起，如百花文艺出版社的"江南风月丛书"、"古城旧踪丛书"，上海书店出版社的"梦中江南系列"，南京师范大学出版社的"城市文化丛书"，东南大学出版社的"乡愁城市丛书"，古吴轩出版社的"晚清社会新闻图录"，等等。我有一个比喻，这正像是玩牌，三人的牌技虽有高下，但打的路子差不多，也就玩得起来。

明铧早年就主攻戏曲，三十多年未尝懈怠，著有《扬州曲艺史话》、《扬州清曲》、《维扬优伶》、《江南戏台》、《把栏杆拍遍》、《将柳腰款摆》等，还有《马戏丛谈》，后来增订为《动物表演史》。在这方面，我却是外行，最近正在写一篇《傀儡记》，就向明铧讨教。他用手机给我发来《古代扬州的木偶戏》，他的善于读书，让我叹服，在王国维、孙楷第、周贻白、丁言昭等论述之外，挖掘了扬州木偶的文献记载，介绍了扬州木偶的兴衰，真让我获益良多。

想不到，明铧七十了，岁月真不饶人，前人说："光阴已逝，尚期收效于桑榆。"以他的才识、学养、精力，必有更多更好的著作陆续问世，炉火纯青，正此谓也，这是我所期待的，也是明铧的读者们所期待的。

二〇一八年一月十八日

# 王唤的功绩

南宋建炎四年二月，金兵在北撤途中焚掠平江，这是苏州历史上最惨酷的一次劫难，整个城市整整烧了五天五夜，几乎全给毁了。胡舜申在《己酉避乱录》中记下了当时目睹的惨状："入平江城，市并无一屋存者，但见人家宅后林木而已。菜园中间有屋，亦止半间许，河岸倒尸则无数。"这次浩劫，居民死难者近三十万，胁迫以去者约十万，接着又发生瘟疫、饥荒，一座繁华城市成为茫茫瓦砾堆。

绍兴初年，就开始在这片废墟上重建平江城，一方面艰于人力物力，另一方面绍兴改元十三年间，知府递换了十九任，营建潦草，进度缓慢，也是必然的事。直到绍兴十四年，才开始有步骤有计划地推进重建工程，这不得不归功于新任知府王唤。

王唤字显道，成都华阳人，乃岐国公王珪之孙，秦桧妻兄，且王唤之子过嗣给秦桧，即秦熺。《宋史·秦桧传》说:“熺本王晦孽子,桧妻晦妹,无子,晦妻贵而妒,桧在金国,出熺为桧后。桧还,其家以熺见,桧喜甚。”正因为有这层关系,王晦向被认为是“桧党”,与秦桧共进退,秦桧失势,他便被罢黜,秦桧得势,他又得以升迁。《宋史·王次翁传》说:“先是,桧兄子与其内兄王晦皆以恩幸得官,桧初罢政,二人摈斥累年。至是,次翁希桧旨,言‘吏部之有审量,皆暴扬君父过举,得无伤陛下孝治。乞悉罢建炎、绍兴前后累降指挥’。由是二人骤进。”绍兴十一年,王晦就由泰州知州兼任通、泰二州制置使,十四年就到平江府上任了。

由于秦桧向为世人鄙视,王晦也就不得称赞,陆友仁《吴中旧事》就说他“峻于聚敛,酷于用刑”,“觉报寺,其私家祠也,黄堂前镕钱铸大士像,而人不敢言。每刺鹿血热酒中饮之,以求补益,未几疽发于胁而死也”。《宋史·辛次膺传》说次膺“又劾知抚州王晦违法佃官田,不输租。其父仲山,先知抚州,屈膝金人,晦继其后,何颜见吏民?晦,桧之妻兄也”。这已将王晦的“恶行”控诉尽了,但他毕竟没有做过什么祸国殃民的事,反过来,他对重建平江城作出的贡献,陆友仁也不得不承认,“然其规为亦有可取者”。

据《吴郡志·题名》记载，王映任平江知府是“绍兴十四年三月到。十五年闰十一月，除宝文阁学士。十七年正月，提举江州太平兴国宫”。他在任不满四年，虽然时间不长，但平江府的荒芜景象逐渐消失，或重建，或大修，或新造，一大批建筑在废墟上耸然而起，城市面貌发生很大变化。

当金兵毁城之后，一片废墟，王映要做的，首先是清除城内堆积如山的瓦砾。陆友仁《吴中旧事》说：“兵火之馀，故墟瓦砾山积，乃录入城小舟，出必载瓦砾以培塘，人以为便。石之破碎者，积而焚之，以泥官舍，不赋于民而用有馀。”凡是入城的船只，都要装满了瓦砾带出城去。将建筑残存的青石础柱等，烧成石灰，以供建设之用。与此同时，劫后所馀之碑碣石刻，也一并给烧了。大概正因为这个缘故，苏州城内至今没有发现南宋以前文物遗迹，这当然不能归罪王映，大难之后，哪还有什么文物保护意识。

接着就开始重建平江城内的标志性建筑，以姑苏馆、齐云楼、天庆观为例。

姑苏馆，遗址在今胥门内沿城一隅，始建无考，北宋时已有，建炎四年毁，绍兴十四年王映在原址重建。《吴郡志·官宇》称其“体势宏丽，为浙西客馆之最。中分为二，曰南馆、北馆。绍兴间，始与虏通和，使者岁再往来此馆，专以奉国信。贵宾经由，亦假以舣船。登城西望，吴山皆在指顾间。故又作台于城上，以姑苏名之。虽非故处，因馆而名，亦以存旧事也。制度尤瑰，特为吴中伟观。此台正据古胥门，门迹犹存。又有百花洲在台下，射圃在洲之东。台、洲皆唤所建，并馆额皆吴说书”。元大德五年改姑苏驿，至正十一年重辟胥门，驿被废置。

齐云楼，遗址在今五卅路北端，本子城北城上，对直子城中轴线。古称月华楼，白居易始改其名，《吴中好风景》有“改号齐云楼，重开武丘路”之咏。建炎四年毁，绍兴十四年王唤在原址重建。《吴郡志·官宇》称其楼“两挟循城，为屋数间，有二小楼翼之。轮奂雄特，不惟甲于二浙，虽蜀之西楼，鄂之南楼、岳阳楼、庾楼，皆在下风。父老谓兵火之后，官寺草创，惟此楼胜承平时。楼前同时建文武二亭”。齐云楼毁于至正二十七年，乃张士诚兵败后纵火焚毁。

天庆观，即今玄妙观，北宋时香烟鼎盛，殿宇宏丽，建炎四年夷为废墟。王唤拟重建，由于财物艰难，仅重建了两廊，《吴郡志·宫观》说：“绍兴十六年，郡守王唤重作两廊，画灵宝度人经变相，召画史工山林、人物、楼橹、花木各专一技者,分任其事,极其工致。”两廊的位置,今已无可稽考。由记载来看,王唤对廊中所画神仙故事要求极高,邀召各有擅长的画工分任其事,也可知他对整体建筑、装修的认真态度。

除此而外,王唤还重建了郡圃的西楼,新建了姑苏馆外的来远桥和郡圃内的双瑞堂、四照亭、颁春亭、宣韶亭等,重修了府学,建讲堂,辟斋舍,并令人重绘了文庙大成殿两庑的从祀像,等等。

王唤的朋友孙觌,字仲益,建炎二年曾任平江知府,算是王唤的前任,绍兴初落职,居太湖二十馀年。他的《内简尺牍》有给王唤的一组信,不少都是对王唤重建平江城的表扬,摘录如下:

“传闻姑苏馆宏丽雄深,为三吴之冠,如西楼、齐云之属,又复告成矣。吴门兵火更二十年,阅十数守,凋残如故,至今始复旧观,万口称颂,非区区之私也。”

“某宦游半天下,如姑苏二馆、北园一亭,承平时亦未尝见,高甍巨栋,咄嗟而办,规模宏大,可支十世。吴门经乱十六七年,阅十二政,比公领州,而官寺、府库、公堂、客馆始复旧观,而壮丽又过昔所有者。浙西诸郡守将,所更何啻数十百人,而残败如故，然后知功名之士，千万人不一遇也。”

“二三亲客自吴门还，适见大宫室落成，又得与游人纵观其上，奇闻壮观，恍然如游华胥化人之国于梦寐之间也。中秋对月，使君领客，必在姑苏台、西楼之上，想见一时冠盖之盛，千载同风，当与龙山、岘首共为不朽矣。”

自建炎毁城后，历任九十九任知府，特别是从王映起，平江军民励精图治，惨淡经营，至绍定初，城区的重建工程基本竣工，形成街衢井然、河道纵横、殿宇巍峨、坊市繁华的格局。

绍定元年十二月，李寿朋来知平江府事，至明年十月调任荆湖北路转运判官，在平江仅十个月，但做了一件重要的事，就是主持镌刻《平江图》，阿谀奉承者就说，城内六十五坊系“绍定二年春，郡守李寿朋并新作之，壮观视昔有加”(《吴郡志·坊市》补注)，李寿朋初来乍到，如何能在极短时间里新作六十五坊？但他镌刻《平江图》，也不全然是好大喜功，将历代守臣的政绩归于自己名下，因为那年恰好距建炎毁城一百年，一座宏伟壮观的城市，在废墟上重新建造起来，作为纪念而绘图立碑，也在情理之中。

由此看来，对历史人物的评介，还是要实事求是，不能脱离当时的现实，王唤对重建平江城的功绩，自然也不该抹煞的。

二〇一八年一月三十日

## 太湖冰封

太湖，古称震泽、具区，又称五湖、笠泽，为东南巨浸。乐史《太平寰宇记·江南东道·湖州》说："具区，薮，太湖也，泽纵广二百八十三里，周回三万六千顷，接连四郡界，入于海，盖水之所都也。"北宋时环湖四郡是苏州、秀州、湖州、常州。至明清时，襟带两省三府十州县，金友理《太湖备考·太湖》说："太湖跨苏、常、湖三郡，广三万六千顷，周回五百里，东西二百里，南北一百二十馀里，中有七十二山。东南之泽，此为最大。"太湖水域之广，仅次于青海湖、鄱阳湖和洞庭湖，属中国第四大湖、第三大淡水湖。前人咏太湖，不少都以"太湖三万六千顷"入诗，如陈基《分题赋得太湖送郑同夫》云："朝饮太湖水，暮咏太湖秋。太湖三万六千顷，七十二峰居上头。"唐寅《烟波钓叟歌》云："太湖三万六千顷，渺渺茫茫浸天影。东西洞庭分两山，幻出芙蓉翠翘岭。"严熊《宝带桥望震泽》云："太湖三万六千顷，荡胸决眦无遁形。梁空洒水数百道，昼夜不舍声訇轰。”孙原湘《登六浮阁》亦云：“安得太湖三万六千顷，化为一碧葡萄浆。供我大醉三万六千场，醉死便葬梅花旁。”可见太湖的浩瀚无际，给人震撼和遐想。

虽然太湖水面浩瀚，倘若遇到极端严寒天气，也会结冰，甚至连底皆冻，茫茫一片冰原，人车在冰上行走，往来七十二峰间，真是难以想象。

这个现象的出现，开始于第三寒冷期的两宋时期。陆友仁《砚北杂志》卷上说：“洞庭以种橘为业者，其利与农亩等。宋政和元年冬，大寒，积雪尺馀，河水尽冰，凡橘皆冻死。明年伐而为薪，取给焉。叶少蕴作《橘薪》以志其异。”尽管寒流来势凶猛，洞庭两山的柑橘冻坏了，河流结冰了，但湖面还没有冰封。至南宋绍兴二年隆冬，更厉害了，连湖面也冰封了，庄绰《鸡肋编》卷中说：“平江府洞庭东西二山，在太湖中，非舟楫不可到。胡骑寇兵，皆莫能至。然地方共几百里，多种柑橘桑麻，糊口之物，尽仰商贩。绍兴二年冬，忽大寒，湖水遂冰，米船不到，山中小民多饿死。富家遣人负载，蹈冰可行，遽又泮拆，陷而没者亦众。泛舟而往，卒遇巨风激水，舟皆即冰冻，重而覆溺，复不能免。”

此后，太湖冰封的事，屡见记载，以下抄撮几条，聊供回想这大自然的壮观景象，以及冰灾对濒湖居民和经济作物的巨大影响。

元天历二年，陆友仁《砚北杂志》卷上："天历二年冬，大雨雪，太湖冰厚数尺，人履冰上如平地，洞庭柑橘冻死几尽。"

明景泰五年，康熙《吴县志·灾异》："五年甲戌正月，大雪，经二旬不止，疑积深丈馀，行人陷沟壑中。太湖诸港连底结冰，禽兽草木皆死。"光绪《无锡金匮县志·祥异》："五年正月八日夜，大雪及丈，冰柱长五六尺，积阴连月，菜麦皆死。"

成化十二年，王维德《林屋民风·灾异》："十二月，大冰，太湖阻冻，舟楫不通者逾月。"乾隆《吴江县志·灾变》："大雪，大寒，冰厚数尺，河路不通累月"。

正德八年，翁澍《具区志·灾异》："正德八年癸酉十二月，大寒，太湖冰，行人履冰往来者十馀日。"

万历六年，乾隆《吴江县志·灾变》："正月，大雨雪，冬严寒，大川巨浸，冰坚五尺，舟楫不通。"

万历八年，翁澍《具区志·灾异》："万历八年庚辰冬，大寒，湖冰，自胥口至洞庭山，毗陵至马迹山，人皆履冰而行。九年冬复然。”

清顺治十一年，金元理《太湖备考·灾异》：“十一年冬，大寒，太湖冰厚二尺，二旬始解。”乾隆《湖州府志·祥异》：“十一年冬，大雪旬馀，山中有僵死者，羽族俱毙。”

康熙四年，光绪《无锡金匮县志·祥异》：“康熙四年冬，大寒，太湖冰，官河绝楫者匝月。”

康熙二十二年，翁澍《具区志·灾异》：“康熙廿二年癸亥十一月，大寒，太湖冰冻月馀，行人履冰往来。”叶方标《打冰词》云：“朔月北风吼十日，太湖一夜冰三尺。骨坚势厚棱棱高，去楫来舟空叹息。前船贾勇亦莫行，后船衔尾排似织。船头估客秦复陶，欲去势难生羽翼。买醉长年乱舞篙，白棓两点椎难入。击玉鸣珠虽有声，断机裂帛曾无迹。仰视天地正沉冥，霜花草上如钱积。寒光日射增严威，试一把椎面深墨。龙潭纵有蛟螭蟠，軏辘冰车行亦得。”

康熙三十九年，金元理《太湖备考·灾异》：“三十九年十一月，大寒，太湖冰，月馀始解，两山橘树尽死。”

咸丰十一年，光绪《乌程县志·祥异》：“十一月十二月二十七日，大雪，至除夕始止，积深一丈，太湖冻，人行冰上，至次年元宵始释。”柳商贤等《横金志·杂缀一·祥异》：“十一年十二月二十七日，大雪，湖中冰厚尺馀，有自洞庭徐侯两山践冰来往者。南社一妪，行近湖亭嘴，忽冰陷而死，至明年冻解始得尸，已逾旬日矣。”夜来每见冰湖之上，燐火飘荡，时正是太平军据苏之际，或以为兵灾之象。秦敏树《湖冰行》云：“莫鳌林屋朔风紧，洞天栗烈银房冷。圣姑侵晓试凝妆，玉镜新铺三万顷。天将一水化冰壶，芙蓉七二青模糊。夜来冰上燐火飐，渔人惊作神灯呼。千点万点荡寒焰，妖电睒睒时有无。岂有禹书发光怪，威灵秉烛纷驰驱。江心炬火怅坡老，而此䰟昱弥踌躇。阴极阳战坚冰义，颇疑是物关兵气。吴楚干戈那复愁，踏冻湖心拚一醉。莫唱狂歌惊老龙，恐掀脚底琉璃碎。”

光绪十九年，民国《香山小志·杂记》：“光绪十九年冬，大雪严寒，太湖冰厚尺计，虽力士椎凿，不能开船。有下椗湖心者，胶固不动，粮绝，悬饭箩桅端，见者遣人赍米一二斗，乘浴盆或板门从冰上撑往济之。湖中冰山，寒日莹莹，如琼楼玉宇相望，如是者旬馀。冰将释，有小蛇驰骋冰上，蛇所至即冰释所至。先是夜间有箫管声，如天钧乐奏，傍湖人家俱闻之，以是卜明日冰释不爽。既释，冰片大逾门扉，随风冲上太湖沙滩，高若积薪，遥望如水晶假山堆列湖边，行舟不戒，被冰乘风击沉截破，往往闻此。”

太湖冰冻，渔民和乡人称为“湖胶”，真是十分形象。梁绍壬《两般秋雨盦随笔》卷五说：“太湖冰，土人谓之湖胶。其中洪波之凝者，如银山，如玉柱，名曰冰梗。湖冻之夜，常有红灯千百，聚散冰上，洵奇景也。”湖胶时，即使停泊湖中之船，只要发出求救信号，岸上的人看到了，就会设法送来食物，船上人苦挨几天而已。可怕的是融冰时，巨大的冰块在湖上漂荡，行船不小心，就会被撞破撞沉，这就有性命之虞了。

一百多年来，太湖冰封的事，没有再发生过，这大概也是全球性气候逐渐转暖的缘故。如今气象预报准确，假设再来一次，那是一定要举行“太湖冰封旅游节”的。

二〇一八年二月六日

# 江苏老行当写真

“行当”者，本是梨园中语，专指演员分工，或称“部色”、“脚色”、“角色”，如生旦净丑是也。至清代中后期，“行当”一词才进入更广阔的社会背景，用来泛指谋生的职业，如刘鹗《老残游记》第一回说：“这老残既无祖业可守，又无行当可做，自然‘饥寒’二字渐渐的相逼来了。”老舍《龙须沟》第一幕丁四爷也说：“龙须沟这儿的人都讲究有个正经行当，打铁，织布，硝皮子，都成一行；你算那一行？”如果将这个词再作解析，“行”既指工商业的类别，如吴自牧《梦粱录·民俗》说：“士农工商诸行百户衣巾装着，皆有等差。”又指店铺、商行，如灌圃耐得翁《都城纪胜·诸行》说：“市肆谓之行者，因官府科索而得此名，不以其物小大，但合充用者，皆置为行。”而“当”则是干活、勾当的意思。因此“行当”并不用于高贵的职业，一般都指社会基层的各种营生。

上古时代，男务耕耘，女勤蚕织，以为衣食之原，并用以互相交换，农有馀粟，则以易布，女有馀布，则以易粟，市廛既立，便有贮藏以待者，这便是商业的由来。晁错《论贵粟疏》说："商贾大者积贮倍息，小者坐列贩卖，操其奇赢，日游都市，乘上之急，所卖必倍。"在商品交换过程中，富商大贾毕竟是少数，而遍布城乡的店肆坊作，走街串巷的商贩工匠，则无可计数，真是流品杂衍，行当广泛。故有"五行八作"之说，形象而又具体地称为"三十六行"，或"七十二行"，或"一百二十行"，或"三百六十行"，这当然不是统计的结果，徐珂《清稗类钞·农商类》就说："三十六行者，种种职业也。就其分工而约计之，曰三十六行，倍之，则为七十二行；十之，则为三百六十行；皆就成数而言，俗为之一一指定分配者，罔也。"行当的广大和复杂，难以想象，可谓是行内有行，行外有行，随着时间推移，有的行当分化，有的行当合并，既不断有新的行当产生，也不断有旧的行当消亡。据齐如山《北京三百六十行》介绍，二十世纪三四十年代的北平市廛，就有七百三十三种行当。其中既有为社会生活不可或缺的匠作，也有从水陆所需到娱人以乐的专行。

整个江苏，形势蟠踞，负山海而控颍泗，襟长江而带大河，土地膏腴，物产丰饶，自古就是商品经济相对发达的地区。张瀚《松窗梦语·商贾纪》说："沿大江而下为金陵，乃圣祖开基之地。北跨中原，瓜连数省，五方辐辏，万国灌输。三服之官，内给尚方，衣履天下，南北商贾争赴。自金陵而下控故吴之墟，东引松常，中为姑苏，其民利鱼稻之饶，极人工之巧，服饰器具，足以炫人心目，而志于富侈者争趋效之。"在江苏各地城乡，从事各种行当的芸芸众生，既稳定社会，又服务社会；既藉行当以谋生，又以此进入世人衣食住行的广阔生活之中。以苏州为例，各种行当对整个社会生活起着十分重要的作用，这有正反两方面的经验。钱泳《履园丛话·时闻》"安顿穷人"条说："治国之道，第一要务在安顿穷人。昔陈文恭（宏谋）抚吴，禁妇女入寺烧香，三春游屐寥寥，舆夫、舟子、肩挑之辈，无以谋生，物议哗然，由是弛禁。胡公（文伯）为苏藩，禁开戏馆，怨声载道。金阊商贾云集，晏会无时，戏馆酒馆凡数十处，每日演剧，养活小民不下数万人。此原非犯法事，禁之何益于治。昔苏子瞻治杭，以工代赈，今则以风俗之所甚便，而阻之不得行，其害有不可言者。由此推之，苏郡五方杂处，如寺院、戏馆、游船、青楼、蟋蟀、鹌鹑等局，皆穷人之大养济院。

一旦令其改业，则必至流为游棍，为乞丐，为盗贼，害无底止，不如听之。潘榕皋农部《游虎丘冶坊浜》诗云：‘人言荡子销金窟，我道贫民觅食乡。’真仁者之言也。”与此同时，各种行当又是城乡空间里的一道风景，让人感到人间生活的真切存在。

这里以南京、苏州、扬州三个城市为例，选择性地介绍一点行当的情况，背景是明清至民国前期。

南京自古繁华，《隋书·地理志下》说：“丹阳旧京所在，人物本盛，小人率多商贩，君子资于官禄，市廛列肆，埒于二京，人杂五方，故俗颇相类。”明初设十八坊和十三集市，百工货物各有区肆，及至万历朝，比较《洪武京城图志》，其格局已有相当变化。顾起元《客座赘语》卷一“市井”条说：“南都大市为人货所集者，亦不过数处，而最多为行口，自三山街西至斗门桥而已，其名曰果子行。它若大中桥、北门桥、三牌楼等处，亦称大市集，然不过鱼肉蔬菜之类。如铜铁器则在铁作坊，皮市则在笪桥，鼓铺则在三山街口，旧内西门之南，履鞋则在轿夫营，帘箔则在武定桥之东，伞则在应天府街之西，弓箭则在弓箭坊，木器南则钞库街，北则木匠营。”其城南一带，同书“风俗”条说：“京兆赤县之所弹压也，百货聚焉。其物力，客多而主少，市魁驵侩，嘈哜其中，故其小人多攫攘而浮兢。”佚名《南都繁会景物图卷》就描绘了晚明南京商业繁盛的场景，画卷从右至左，自郊区田舍始，经南市街和北市街，止于皇宫，街市上店铺林立，有茶庄、金银店、药店、浴室，乃至鸡鸭行、猪行、羊行、粮油谷行等，市招一百零九个，行人摩肩接踵，凡一千馀人，有侍卫、戏子、杂耍、纤夫、信使、渔夫、小贩、商人等，各有行当，展现出人稠物穰、安居乐业的市井生活场景。城市的经济活动，离不开工匠、商贩、走卒、杂役，由于市场不足，彼此竞争激烈，甘熙《白下琐言》卷二就说：“肩舆负担，各分地界，谓之马头。”而居人的日常生活，非依赖不可。夏仁虎《岁华忆语》就举其特色者，正月十六走百病，“城上马道，亦市玩物，以棘枝上安红豆及炒米花，游人购之以归”；六月三日后，“岸傍夜市，张小纸灯，卖菱藕者亦盛”；重阳登高，“每购雨花石子归，备冬日养水仙也”；秋凉买桂花鸭，“当时物力贱，鸭四块曰一买，只青蚨十二枚耳”；“金陵年市，西自水西门，南自聚宝门，迤逦数里，集中于大功坊。皮货之属自山西来，纸画、红枣、柿饼之属自山东来，皆假肆于黑廊、大功坊一带；碧桃、红梅、唐花之属，集于花市街；橘、柚、梨、梓、鲜果之属，集于水西门；鸡、猪、鱼、鸭、腌腊之属，集于聚宝门。携钱入市，各得所欲而归。其乡村之人，结伴而来，捆载以去者，肩相摩也”。大年三十有夜市，“铺户彻夜不闭，灯光荧煌，通衢如白昼，盖新年例停市，人家需用物，必于是夜夙备之。最忙者，为质库、杂货、食物肆及浴堂、理发铺”。据捧花生《画舫馀谭》记载，仅就秦淮河上的画舫来说，就有不少与之紧密联系的行当，如酒楼、茶园、星货铺、香蜡铺、茶食铺、清音小班、救生局，以及放烟火者，调百灵雀者，卖蝈蝈者，唱“马头戳”者，捕“秦淮鲤”者，挟渔鼓说书者，诸姬家男仆曰“捞猫”、“镶帮”，女仆曰“端水”、“八老”等等，不可胜数。

苏州向称人间天堂，自明中期起，丝织业尤为发达，嘉靖《吴邑志·土产》说：“绫锦纻丝，纱罗绸绢，皆出郡城机房，产兼两邑而东城为盛，比屋皆工织作，转贸四方，吴之大资也。”丝织而外，其他手工业也在成化前后复苏，继而乘时进趋。至嘉万年间，如金银器、铜器、玉雕、木雕、刻版、漆器、灯彩、装裱、刺绣、缂丝、织锦、笺纸、扇子、乐器、玩具等行业，全面蓬勃发展，由此形成了以手工业者为主体的新市民阶层。这是一个庞大的群体，各有其行业，更有从事衣食住行以及娱乐之需的行当。袁学澜《吴郡岁华纪丽》卷一“城内新年节景”条就记载了玄妙观内的情形：“卖设色印板画片者聚三清殿，乡人争买芒神春牛图。观内广场，五方群估丛萃，支布幕为庐，鬻糖饵食物、琐屑玩具、橄榄果品。杂耍诸戏，各奏其技，以资谋食。如绳伎走索、狡童缘橦、舞盆飞水、吞刀蹑蹻、傀儡牵丝、猴猱演剧，或隔帷像声、围场扑打、盲叟弹词、老僧因果，曲号摊簧，技传测字，凡医卜星相之流，靡不毕至，以售其艺。贵贱相还，贫富相贸易，人物齐矣。”至夏夜又是一番景象，同书卷六“观场风凉茶”说：“惟有圆妙观广场，基址宏阔，清旷延风，境适居城之中，居民便于趋造。两旁复多茶肆，茗香泉洁，饴饧、饼饵、蜜饯、诸果为添案物，名曰小吃。零星取尝，价值千钱。场中多支布为幔，分列星货地摊，食物、用物、小儿玩物、远方药物，靡不阒萃。更有医卜星相之流，胡虫奇妲之观，踘弋流枪之戏。若西洋镜、西洋画，皆足以娱目也。若摊簧曲、隔壁象声、弹唱盲词、演说因果，皆足以娱耳也。于是机局职工、梨园脚色，避炎停业，来集最多，而人家男妇老稚，每苦陋巷湫隘，日斜辍业，亦必于此追凉，都坐茶篷歇坐，谓之吃风凉茶。”至于流动商贩，四季不绝，据顾禄《清嘉录》记载，“献岁，乡农沿门吟卖黄连头、叫鸡，络绎不绝”。“春前一月，市上已插标供买春饼，居人相馈贶，卖者自署其标，曰‘应时春饼’”（卷一）。二月观音山香市，“观音山人以枣、栗诸木作盂碗、葫芦之属。或以寸木作妆域，上覆如笠，下悬如针，旋转为戏，俗呼转盘图。又以柳木片胶粘作小舫，为小儿玩物，颇不耐弄”（卷二）。“清明日，满街叫卖杨柳，人家买之，插于门上”。“市上卖青团、炀熟藕，为居人清明祀先之品”（卷三）。“蔬果、鲜鱼诸品，应候迭出，市人担卖，四时不绝于市，而夏初尤盛，号为卖时新”。浴佛节，“市肆煮青精饭为糕式，居人买以供佛，名曰阿弥饭，亦名乌米糕”。“十四日为吕仙诞，俗称神仙生日。食米粉五色糕，名神仙糕。帽铺制垂须钹帽以售，名神仙帽”。“游人集福济观，争买龙爪葱，归种，则易滋长。卖者皆虎阜花农，前后数日，又必竞担小盎草木本鲜花，入观求售，号为神仙花”（卷四）。端午，“市肆以菰叶裹黍米为粽，象称锤之形，谓之称锤粽。居人买以相馈贶，并以祀先”（卷五）。六月，“街坊叫卖凉粉、鲜果、瓜藕、芥辣、索粉，皆爽口之物。什物则有蕉扇、苎巾、麻布、蒲鞋、草席、竹席、竹夫人、藤枕之类，沿门担供不绝”。“土人置窨冰，街坊担卖，谓之凉冰。或杂以杨梅、桃子、花红之属，俗呼冰杨梅、冰桃子。鲜鱼肆以之护鱼，谓之冰鲜”。街市叫卖珠兰，茉莉，以供妇女簪戴，“虎丘花农盛以马头篮，沿门叫鬻，谓之戴花，零红碎绿，五色鲜艳，四时照映于市，不独此二花也。至于春之玫瑰、膏子花，夏之白荷花，秋之木犀米，为居人和糖、春膏、酿酒、钓露诸般之需。百花之和本卖者，辄举其器，号为盆景。折枝为瓶洗赏玩者，俗呼供花”。二郎神诞日前夜，“土人于庙中卖萤灯、荷花、泥婴者如市”（卷六）。“立秋前一月，街坊已担卖西瓜，至是居人始荐于祖祢，并以之相馈贶，俗称立秋西瓜。或食瓜饮烧酒，以迎新爽。有等乡人，小艇载瓜，往来于河港叫卖者，俗呼叫浜瓜”。“七夕前，市上已卖巧果，有以面白和糖，绾作苎结之形，油氽令脆者，俗呼为苎结”（卷七）。霜降前后，“畦菊乍放，虎阜花农已千盎百盂担入城市”。“秋深，笼养蝈蝈，俗呼为叫哥哥，听鸣声为玩。藏怀中，或饲以丹砂，则过冬不僵。笼刳干葫芦为之，金镶玉盖，雕刻精致。虫自北来，薰风乍拂，已千筐百筥集于吴城矣”（卷九）。十月，“湖蟹乘潮上簖，渔者捕得之，担入城市，居人买以相馈贶，或宴客佐酒”（卷十）。“寒冬，乡农畜乳牛，取乳汁入瓶，日担于城，鬻于主顾之家，呼为乳酪”。“土人以麦芽熬米为糖，名曰饧糖，寒宵担卖，锣声铿然，凄绝街巷”。“冬末春初，虎丘花肆能发非时之品，如牡丹、碧桃、玉兰、梅花、水仙之类，供居人新春陈设，谓之窖花”（卷十一）。“年夜已来，市肆贩置南北杂货，备居民岁晚人事之需，俗称六十日头店。熟食铺，豚蹄、鸡鸭较常货买有加。纸马香烛铺，预印路头财马，纸糊元宝、缎疋，多浇巨蜡，束名香。街坊吟卖篝灯、灯草、挂锭、灶牌、灶帘，及箪瓢、箕帚、竹筐、磁器、缶器、鲜鱼、果蔬诸品不绝。锻磨、磨刀、杀鸡诸色工人，亦应时而出，喧于城市。酒肆、药铺各以酒糟、苍术、辟瘟丹之属馈遗于主顾家。总谓之年市”（卷十二）。走街串巷的行当，有的并不吆喝叫卖，而以所持响器招徕顾客，道光初佚名《韵鹤轩杂著》卷上说：“百工杂技，荷担上街，每持器作声，各为记号。修脚者所摇折叠凳，曰‘对君坐’；剃头担所持响铁，曰‘唤头’；医家所摇铜铁圈，曰‘虎撑’；星家所敲小铜锣，曰‘报君知’；磨镜者所持铁片，曰‘惊闺’；锡匠所持铁器，曰‘闹街’；卖油者所鸣小锣，曰‘厨房晓’；卖熟食者所敲小木梆，曰‘击馋’；卖闺房杂货者所摇，曰‘唤娇娘’；卖耍货者所持，曰‘引孩儿’。”

明清扬州手工业繁盛，各色行当纷若。张岱

《陶庵梦忆》卷五《扬州清明》记万历间清明节，自钞关至平山堂三十里内，“靓妆藻野，袨服缛川。随有货郎，路傍摆设骨董古玩，并小儿器具。博徒持小杌坐空地，左右铺祖衫半臂，纱裙汗帨，铜炉锡注，瓷瓯漆奁，及肩彘鲜鱼、秋梨福橘之属。呼朋引类，以钱掷地，谓之跌成，或六或八或十，谓之六成、八成、十成焉。百十其处，人环观之”。李斗《扬州画舫录·蜀冈录》记乾隆朝平山堂码头附近，简直是玩具世界：“是地繁华极盛，玩好戏物，筐筥鳞次，游人鬻之，称为土宜，一时风俗，不可没也。”“山堂无市鬻之舍，以布帐竹棚为市庐，日晨为市，日夕而归，所鬻皆小儿嬉戏之物”，所举有雕绘土偶、捏像、山叫子、点头马、火漆鱼、黑鬃纸扇及各种削木盘盂盌盏之类。串街走巷的小贩，更是不可胜数，《扬州画舫录·虹桥录下》说：“清明前后，肩担卖食之辈，类皆俊秀少年，竞尚妆饰，每着藕蓝布衫，反纫钩边，缺其衽，谓之琵琶衿，裤缝错伍取窄，谓之棋盘裆，草帽插花，蒲鞋染蜡。卖豆腐脑、茯苓糕，唤声柔雅，渺渺可听。又夏月有卖洋糖、豌豆，秋月有卖芋头、芋苗子者，皆本色市夫矣。”又说：“北人王蕙芳，以卖果子为业。清晨以大柳器贮各色果子，先货于苏式小饮酒肆，次及各肆，其馀则于长堤尽之，自称为果子王。其子八哥儿卖槟榔，一日可得数百钱。”当地厨子又是一大特色，在画舫上又得以施展其技：“城中奴仆善烹饪者，为家庖。有以烹饪为佣赁者，为外庖，其自称为厨子，称诸同辈曰厨行，游人赁以野食，乃上沙飞船。”将食材、调料端正完毕，“令拙工肩之，谓之厨担，厨子随其后。各带所用之物，裹之以布，谓之刀包。拙工司炬，窥伺厨子颜色，以为炎火温蒸之候”。混堂在扬州也是一大行业，林苏门《邗江三百吟》“混堂”一首注：“澡身之地，名曰混堂，城内外数以百计。凡堂外，有立箱，有坐箱，有凉池，有暖房，有茶汤处，有剃头、修脚处。堂内之池，用白矾石界为三四池，水之温凉，各池不同。午前留头堂虽混，而不觉其混，午后人多，未免混矣。”《扬州画舫录·草河录上》也说：“茶香酒碧之馀，侍者折枝按摩，备极豪侈。”可见混堂里也有不少行当。

江苏其他地方的行当，也都与当地的历史传统、经济结构、社会情状有密切关系。如淮阴多贩盐业，盛大士《淮阴竹枝词》云：“凉月如弓挂短檐，村村晚稻刈腰镰。一畦寒菜霜初肃，唤买街头老少盐。”自注：“淮人以运盐为业，老弱不能负担者，各携筐筥以卖，谓之老少盐。”如南通多染织业，李琪

《崇川竹枝词》云："家住东川傍水滨，自来生女嫁比邻，朝沤白苎为衫子，夕采芙蓉作手巾。"自注："兴仁镇出白苎汗衫，余东场出芙蓉手巾。"又云："轧轧缫车到处听，织成染入小缸青。请郎看取机中布，侬纺棉纱是铁梃。"自注："郡人染青名小缸青。自织者为本机布。纺纱用铁梃最佳。"又云："越丝千缕入吴绵，织得绵细绵样鲜。侬住黄桥桥上市，愿郎不泊石庄船。"自注："泰兴、黄桥、石庄俱出绵。"如泰州的米业、麻油业兴旺，储树人《海陵竹枝词》云："稻河米市近如何，最是江湖贩子多。广胜居中谈买卖，百文一石下南河。"自注："广胜居，为米稻客聚集之所。近日脚力颇贵，由北河至南河，挑费之多，有增至百文者。"又云："拣匀淘净炒微黄，小磨麻油独擅长。同在一城分水土，南门不及北门香。"自注："麻油以泰邑为佳，泰邑麻油又以北门为佳。"无锡泥作及儿童戏玩向为土产，从业者众多，王思任《游慧锡两山记》说："买泥人，买纸鸡，买木虎，买兰陵面具，买小刀戟，以贻儿辈。"晚近又以油面筋闻名，秦铭光《锡山风土竹枝词》云："淅籽炰炙面称筋，携得筠笼土物新。可惜中空虚有表，朏盦毕竟拟于伦。"自注："油炙面筋为吾邑名产，竹篓笼之，远道馈赠。"

如果细数江苏老行当，那是不可穷尽，也无法数据化。就大势来说，经济发达地区，行当的变化频率高；经济欠发达地区，行当的变化频率较低。但行当的合并和转移，消亡和萌生，乃有其客观规律，无可扭转，也无法去保护，它是一个地方社会、经济、文化的综合反映，同时还表现出一个地方的特色。

从图像史来说，自古以来就很少描绘江湖行业的绘画，有几件反映城市生活的长卷，如宋张择端《清明上河图卷》(包括明清各本《清明上河图卷》)，明佚名《南都繁会景物图卷》，清王翚等《康熙南巡图卷》，宋骏业《康熙南巡图卷》，徐扬《盛世滋生图卷》、《乾隆南巡图卷》、《日月合璧五星联珠图卷》等，以描绘城市的承平气象为主旨，其中的种种行当只是点缀而已。倒是另一些绘画，作了真实而具体的反映，一类如唐张萱《捣练图卷》，宋王居正《纺车图卷》，佚名《女孝经图卷》和《蚕织图卷》，清绵亿《棉花图册》，黄慎《渔翁渔妇图轴》以及《便民图纂》、《天工开物》、《授衣广训》的插图，反映了农耕社会的生活主题；另一类如宋李唐《村医图轴》，苏汉臣《杂技戏孩图轴》，刘松年《斗茶图轴》，李嵩《货郎图卷》，佚名《大傩图轴》，明周臣《渔乐图卷》、《流民图卷》，吕文英《货郎图轴》，张宏《杂技游戏图卷》，佚名《看手相图页》、《锔缸图页》、《磨镜图页》、《荷担指迷图页》，清丁观鹏《太平春市图卷》，金廷标《瞎子说唱图轴》，周鲲《村市生涯图册》，董棨《太平欢乐图册》，佚名《风俗人物图册》等，则就是江湖行当的个别直录了。

十八世纪中叶，广州已出现外销画，即专门为西方人制作的中国题材图画，在摄影普及之前，这是西方了解中国的最直观、形象的图像媒介。外销画的题材非常广泛，包括风景、建筑、故事、风俗、官员、刑罚、游戏、乐器、动植等，而制丝、制瓷、制茶以及各种行当，更是成套的大项，其中就是十八世纪末蒲呱画的一百幅纸本水彩，十九世纪前期庭呱画的三百六十幅线描，他们描绘的正是当时广州坊间的行当。十九世纪中期，引进石印技术后，出版业迅速发展，图画的普及有了新的途径，吴友如等编绘的《点石斋画报》，就有不少当时百姓劳作的记录，而周慕桥《大雅楼画宝》则展现了当时江浙城市的三十六种行当。创刊于宣统元年的《图画日报》，开辟专栏《营业写真》，描绘当时上海流行的行当四百五十六种。

一八三九年，法国人路易·达盖尔（Louis

Jacques Mande Daguerre）发明了摄影术，由法国科学院公布后，随第一次鸦片战争的硝烟消散而进入中国。一八四四年，法国拉萼尼使团访华，与清政府签订中法《黄埔条约》，使团的海关官员于勒·埃迪尔（Jules Itier）拍摄了广州的市井风物、官僚富商以及参加谈判和签约的中法代表，这是在中国大陆拍摄的第一批照片。自此以后，西方的外交使节、商人、传教士、旅行家、新闻记者等接踵而至，至二十世纪前期的一百多年里，来华的重要摄影家有英国人菲利斯·比托（Felice Beato）、美国人弥尔顿·米勒（Miltiom Miller）、英国人约翰·汤姆逊（John Thomson）、瑞士人阿道夫·克莱尔（Adolf Krayer）、澳大利亚人乔治·厄尼斯特·莫里循（George Ernest Morriaon）、美国人詹姆斯·利卡尔顿（James Ricalton）、美国人西德尼·甘博（Sidney Camble）、奥地利人约瑟夫·洛克（Joseph Rock）、瑞士人艾拉·玛雅尔（Ella Maillart）、美国人埃德加·斯诺（Edgar Snow）、匈牙利人罗伯特·卡帕（Rorbert Cappa）、德国人海达·莫理循（Hedda Morriaon）、法国人亨利·卡蒂埃-布列松（Henri Cartier-Bresson）等等，他们拍摄的内容非常广泛，主要有战争场景、政治事件、人物肖像、社会生活、山川风光、传统建筑、交通工具等，同时也拍摄了不少坊市里的行当，如米勒的“广州手艺人”，汤姆逊的“拉西洋景”、“画照片”、“曲艺人”、“拣茶工”、“缫丝”、“纺纱”、“古玩商”、“广州闹市一角”、“九江街头小景”，利卡尔顿的“北京小吃摊”、“学刺绣的女孩”，甘博的“公园里的乞丐”、“刮脸掏耳朵”、“背茶叶”，海达·莫理循在北平生活最久，这方面的照片也最多，如“卖货郎”、“秸秆编织”、“捡废纸”、“拉人力车”、“女裁缝”、“算命先生”、“剃头匠”、“卖鸡毛掸”、“捏面人”、“吹糖人”、“卖脆枣”、“卖冰糖葫芦”、“烤鸭”、“炸油条”、“演木偶”、“耍小鼠”、“卖风筝”、“景泰蓝点彩”、“剪纸”、“抄纸”、“拓片”等等，具体反映了二十世纪前期北平的主要行当。

在西方人的想象中，中国这个古老东方大国充满了神秘色彩，对此他们怀有强烈的好奇心，随着摄影术的发明、中国国门的打开、现代交通条件的进步，使他们近距离观察和记录这个神秘国度成为可能。一些摄影家不约而同地踏上中国大地，对他们来说，这是摄影题材的新大陆，因此对一切都感到新奇，感到兴奋。在他们的镜头中，留下了当时中国政治、经济、文化、宗教、生活等几乎包罗万象的视觉记录，而各地城乡的各种行当，正反映了当时当地中国人的日常生活，留存数量是巨大的，至今仍是研究或描述晚清以来中国社会生活的图像依据。

中国摄影家则有点不同，如生活在道咸间的邹伯奇、吴嘉善、罗森、罗元佑、赖阿芳等，主要是人物摄影，包括肖像和合影。稍后的梁时泰、任景丰等，开始关注新闻事件和名伶名花。光绪年间，摄影更加普及，裕勋龄的宫廷，全绍清的西藏，仍以人物和建筑为主。清末民初，风光摄影蔚然成风，出版了《泰山曲阜各景全图》、《西湖各景》、《浙江西湖胜景》等。同时，时事新闻受到进一步重视，出版了记录辛亥革命的摄影集《大革命写真画》、《红十字会战地写真》。在新文化运动感召下，涌现了一批摄影家，如陈万里、刘半农、郎静山、张印泉、潘达微、胡伯翔、舒新城、吴中行、蔡俊三、陈传霖等，拍摄的题材广泛，但记录生活者较少，记录行当者更少，更由于“美术摄影”的号召，无论山水、建筑、花木、民生的摄影，都讲求“如画”的艺术效果，即如老焱若的“渔翁”、“一肩风雪”，虽然与民生行当有关，但仍是讲究位置经营、光影明暗，追求它的画面美，忽视它的写实性。这体现了中国摄影的美学标准，也成为中国摄影艺术的一个特点，持续时间既久，影响也很深远。中国摄影家很少关注、记录各种行当，自然有种种原因，其中最主要的大概就是“司空见惯”、“熟视无睹”，由于随时随地可见，也就很难激起摄影家的创作冲动，于是就将这一题材边缘化了。

正由于这个缘故，《江苏老行当百业写真》的问世，让我感到欣慰。行当是在不断变化之中，每个时代各有其行当，当下在江苏流行的各种特色行当，正需要去作全面的记录。龚为先生深入社会深处，专题拍摄各种行当，既是写实的践行，也是艺术的创造。潘文龙先生以流丽的文字，诠释了各种行当的背景和具体情形，同时普及了社会生活知识。感谢两位，为我们留下了当代江苏城乡生活、民生、风俗的珍贵资料。法国阿尔伯·肯恩（Albert Kahn）博物馆收藏了海量的世界各地照片，其中有关中国的照片就有一千七百多张，这是金融家肯恩在十九世纪末、二十世纪初拍摄的。巴黎大学远东研究中心研究员邱治平在《珍藏在法国的清末民初照片》中说：“肯恩拍摄这些图片是由于他预感到二十世纪将是世界人类的一个大变革时代，世界各国文化的多样性将随着时光的推移而变迁和消失，因此需要把各民族的风土人情、古建文物、生产活动等等记录、收集和保存下来。”这本《江苏老行当百业写真》的意义也在于此，当我们熟悉的这一切，正在渐渐远去的时候，它们的价值也就显现出来了。

二〇一八年五月十六日

（本文为《江苏老行当百业写真》序，江苏凤凰教育出版社二〇一八年六月初版）

# 七襄公所往事

七襄公所，即艺圃址，在阊门内宝林寺东北隅。前明嘉靖间浙江按察司副使袁祖庚于此筑醉颖堂，门楣“城市山林”四字，乃红尘中一片清静地。万历间归文震孟，重加修建，题名药园，有世纶堂、石经堂、青瑶屿诸构，房栊窈窕，林木交映，为西城山水清胜之地。清初，莱阳姜埰流寓苏州，经文震孟姻亲周茂兰介绍，这所宅园归姜氏所有，改称敬亭山房，又称颐圃，谐音改作艺圃，新建念祖堂诸构。至姜埰次子实节时，又重构景观，园中有南村、鹤柴、红鹅馆、乳鱼亭、香草居、朝爽台、浴鸥池、度香桥、响月廊、垂云峰、六松轩、绣佛阁、四时读书楼、思嗜轩等，归庄、黄宗羲、施闰章、吴绮、王士禛、汪琬、陈维崧、吴雯等皆有诗文歌赋，这是此园的全盛时期。康熙中归吴斌，葺园娱老，峰石林立，丘壑闲静，时有雅博堂等。道光初归同族吴传熊，又葺而新之，惜园主未几下世，后人亦未久居而徙出。道光十九年，为胡寿康、张松如等集资购下，筹建绸缎同业公所，名曰七襄，一直持续到民国年间。在其后期，或为学校借用，或为乡公所占居，年久失修，日趋败落。上世纪五十年代起先后为苏昆剧团、越剧团、沪剧团、桃花坞木刻年画社等使用，几不成园。至一九八二年才开始整理水石，修缮建筑，恢复旧观，两年后对外开放。

自晚明以来，这个园子屡易主人，占地时大时小，其主体位置，东界文衙弄，西界十间廊屋，南近宝林寺前，北近天库前，在同治间所刊《姑苏城图》上，那地方清楚地标曰“七襄公所”。

“七襄”者，典出织女星，《诗·小雅·大东》云：“跂彼织女，终日七襄，虽则七襄，不成报章。”明周祈《名义考》卷一说：“襄，《说文》：‘织文也。’汉魏郡有县能织锦绮，因名襄。七襄，织文之数也。《诗》意谓望彼织女，终日织文至七襄之多，终不成报我之文章也。”但七襄公所并不属丝织业，而是绸缎商家的行业组织。

道光二十七年，杨文荪作《七襄公所记》，回顾了公所的创始过程：“迨己亥，吴氏将他徙，于是胡君寿康、张君如松拟创建会馆，率先各垫五百金；吴中绸缎同业者，咸量力亦各垫多金，购营公所，名曰七襄，以为同业议事公局。俟后有新开店业，议定一体照捐襄其事，范君徵铨为之会计。局既定，乃疏池培山，堂轩楼馆、亭台略彴之属，悉复旧观。补植卉木，岭梅沼莲，华实蕃茂，来游者耳目疲乎应接，手足倦乎攀历，不异仲子当日矣。胡、张二君是举，非徒为友朋会合燕闲愒息计也。吴中百货萃聚，四方懋迁有无者辐辏，莫不有会馆。绸缎肆方甲于天下，独会馆阙然未备，市价之低昂无以定，物色之良楛无以别，至于同业或有善举，亦无从会集议行。兹园介乎阛阓之区，名肆近在跬步，其艺特便。爰筹公费，立规条，如同业中有老病废疾不能谋生者，有鳏寡孤独无所倚藉者，有异乡远客贫困不能归里者，由各肆报之公局，令司月者核实，于公费中量为资助。其费则各肆酌捐五厘，按月汇交公局，籍而记之，以待诸用。”

早先苏州绸庄并无同业行会组织，自七襄公所成立后，各绸庄步调一致，规范质量，调剂货源，商定价格，并将公所的相关条约，通过官府，移文浙江嘉兴、湖州两府，晓谕当地绸绉各肆，一体遵守。特别是在捐济同业方面，公所起了很大作用，生老病死，均给予资助。

咸丰十年，太平军陷落苏州，这是近代苏州史上的一次浩劫，七襄公所亦发生一件惨事。当太平军入城后，有数百男女老幼逃入公所，继而集体投水自尽。战事平定后，从池中清理骸骨，另葬他处。光绪元年，吴县知事褚成绩撰《悯烈碑记》，记下了这件事和立碑的前因后果：

“公所迤近阊门东，咸丰十年，粤逆陷苏城，居民之避寇者夺门出，而贼骑自此入，男妇数百人，惧为所辱，匿公所，骈死于池，邑人吴大墉目击之。城既复，缯商理旧业，清其池，徙骸骨而他瘗焉。而当日之死难于是者，无由胪列姓氏，上邀旌恤，时恻恻以为憾。久之，乃具状前宰高君，请于池侧筑室，建总位，春秋致祭，兼撰文寿诸石。高君韪之，令举祀典而碑故未镌也。旋解任去，予适来受代，吴大墉复乞文纪其事。夫阐扬节烈，士大夫之责也。此数百人者，力屈势穷，甘就一死，谓之见危授命，固无愧色。惜其姓名湮没，既不得援建祠之例以达于朝，官斯土者又不为阐幽隐而表彰之。数百年后，无复识此间祔有毅魄贞魂，死者有知，其曷以慰？且以吴大墉等激发忠义之气，弗如所请，亦非所以扶人心、励风节也。”

早在艺圃时代，一泓池水，就是景观中心，池中植荷，那是自然的事。汪琬《艺圃竹枝歌》云：“数亩清漪弄晚风，南村村口水濛濛。鸳鸯飞去望不见，疑在枯荷折苇中。”吴雯《艺圃十二咏阮亭先生命作·乳鱼亭》云：“种鱼莲塘下，瀺灂莲塘里。莲塘朝复暮，不住蘋风起。一半绿杨枝，随风掠春水。”至吴传熊为园主时，荷花仍为胜观，光绪六年续修《皋庑吴氏家乘》附吴大渥《唐太孺人行略》，称“园有荷池，夏日盛开，唐太孺人撷新莲子，手自剥之以供客，日以数百枚”。至同光年间，园中荷花更其有名了，卜复鸣先生《园林散谈》说：“池中历史上曾植有白花重瓣湘莲、花色娇艳的小桃红，以及罕见的一茎四花宛若众星捧月的荷花品种‘四面观音莲’。”它们的由来，难以稽考，一说在太平军据苏期间，公所被听王陈炳文部所占，相传这些荷花珍品由太平军将士从湖南移植而来，但这是没有确证的，只能姑妄听之罢了。

光绪十一年，包天笑十岁，从桃花坞移家文衙弄，就在七襄公所隔壁，他在《钏影楼回忆录·自桃花坞至文衙弄》中说：“里面却有一座小花园，有亭台花木，有一个不小的荷花池，还有一座华丽的四面厅。因为我们住在贴邻，又和七襄公所的看门人认识，他放我们小孩子进去游玩。除了四面厅平时锁起来，怕弄坏了里面的古董陈设，其馀花园各处，尽我们乱跑。”“七襄公所荷花池里的荷花,是一色白荷花。据说是最好的种,不知是哪个时候留下的,每年常常开几朵并头莲,惹得苏州的一班风雅之士,又要做诗填词,来歌咏它了。所以暑天常常有些官绅们,借了它那个四面厅来请客,以便饮酒赏荷的。”当荷花盛开时,确乎常有一班文人墨客在园中雅集,赏花赋诗,兴致勃勃。陆懋修《癸酉七月招同人小饮艺圃倜卿用麐生沧浪原韵赋诗见贻依韵奉答》有云:“独此遗泽留,追寻首屡俯。白莲冒一池,赤日欲忘午。开轩面沦涟,还当胜场圃。”自注:“吾苏白莲花绝少,闻此自湘南移来。”此外,邓邦述有《费韦斋肃政树蔚招集艺圃观荷》、陈任有《艺圃观荷》、汪芑有《艺圃观白莲题壁》等。

可惜的是,那名贵的重台白荷花,抗战前就绝迹了,改种了平常的品种。日人高仓正三《苏州日记》一九四〇年八月十一日记道:“在七襄公所打听了绸缎公所的一些情况,绸缎公所自道光年间就有了,此话不知是否可信。眼前满池荷花盛开,全是桃色单瓣,而没有从前的湖南种白色复瓣(竟有一百零八瓣)。下起雨来了,欣赏了片刻雨打荷叶声和流水声,等到正午过后雨止而归。”

七襄公所既为绸缎业行会,议事和祭祀并举。

包天笑《钏影楼回忆录·自桃花坞至文衙弄》说:“七襄公所有两个时期是开放的,便是六月里的打醮,与七月里的七夕那一天,致祭织女。打醮是大规模的,几十个道士,三个法师,四个法官,一切的法器、法乐,都要陈列出来。这个道场,至少要三天,有时甚至五天、七天。里面还有一座关帝殿,威灵显赫。七夕那天致祭织女,在初六夜里就举行了,拼合了几张大方桌,供了许多时花鲜果,并有许多古玩之类,甚为雅致。织女并没有塑像,我记得好像有一个画轴,画了个织女在云路之中,衣袂飘扬,那天便挂出来了。这一天,常有文人墨客,邀集几位曲友,在那里开了曲会的。”苏城六月醮会颇多,七襄公所也不例外,由道流建坛,陈设绣幡法器,香花供奉,临坛礼忏,笙铃钟磬,琅然韵合,结束那天,剪纸为符官仙鹤,奉黄疏焚于厅事。关帝是会馆、公所、行市必供之神,咸丰九年《吴县为七襄公所请官致祭给事碑》记公所司事等禀称:“设立七襄公所,供奉关圣帝君神像,每逢春秋二祭,应请官为致祭,所需祭品猪羊,由生等公捐备办,于奉部颁祭之日,陈设祭祀。”七襄公所之祭祀关帝,或与醮会一并举行。祭祀行业神织女,则自七夕前一夜就开始了,这是传统习惯,沈德符《万历野获编》卷二“七夕”条说:“江南李煜以七夕生,其弟从益自润州赴贺,乃先一日乞巧,江浙间俱化之,遂以成俗。”据顾震涛《吴门表隐》卷五记载,在祥符寺巷的机圣庙里,“天仙织女”只是丝织业十几个祔祭神之一,而作为绸缎业的七襄公所,就将她作为主祭了,显示了两个行业的不同。

七襄公所的故事,应该还有许多,就浏览所及,掇拾一二,聊供谈助。

二〇一九年五月十五日

# 郑州书缘

说也奇怪，我虽然去过北方不少城市，却从未到过郑州，我对郑州的印象，都是从前人的诗里得来的，如罗允升《次郑州》云："已有舆梁属要津，应无芍药媚芳春。萑蒲泽畔安然过，始信孙侨是爱人。"王渔洋《夕阳楼》云："野塘菡萏正新秋，红藕香中过郑州。仆射陂头疏雨歇，夕阳山映夕阳楼。"这就像看一幅山水画，描绘虽然工细，意境亦颇入胜，但终究不知道是哪里的风景。

话虽如此说，但我对郑州并不陌生。二三十年前，买书还很不方便，除了在各地访冷摊、拨寒灰外，邮购是个途径。看到书目广告后，就到邮局填汇款单，再在附言上写上书目，这应该持续了好几年。当时我邮购的地方，主要有北京三联书店、三联书店杭州分销店和郑州分销店、上海凤鸣书店。在这几家中，郑州店的服务是最好的，那时没有快递，全是印刷品挂号，他们总是将书包裹得好好的，厚厚的牛皮纸，棱角分明。但邮购的周期太长了，从汇出款到收到书，三四个月尚属正常，那就需要耐心地等待。我曾写过一篇《等待邮购书》，回忆当年的情景，其中就说，邮购书“虽然有一个长久的等待，但是等待之后，却有一个非常令人开心的时刻，这大概就是一个补偿吧”。在文章里还摘抄了郑州店给我的一封信：“非常非常对不起，耽误了这么这么久。对您这样的老顾客，我该更尽心才对，可是实在力不从心，邮购常常被搁置，以致邮者怨声沸沸，真是对不住了！像您这样从不来信催的，我更感不安，辜负了别人一片信任。”薄薄的一张纸，让我那久旷的烦恼，顿时烟消云散了。我在郑州店究竟买了多少书，不查日记，自然是记不起来了，在这篇文章里，我记下了四册，姜德明《余时书话》毛边本，柳苏《香港文坛剪影》，袁鹰编《清风集》，尤侗《艮斋杂说·续说·看鉴偶评》，这几本书至今还插在我的书架上。又，我在《谈书小笺》中有锺叔河的一笺，写于一九九三年三月十九日，其中说：“昨天收到三联书店郑州分销店寄来的两本书，一本是锺叔河编的《知堂谈吃》，中国商业出版社一九九〇年十二月初版；另一本是锺叔河写的《周作人丰子恺儿童杂事诗图笺释》，文化艺术出版社一九九一年五月初版，手持新书，感到非常开心，入夜便读了起来，这样的好书似乎已经久违了。”三十多年过去，我的读书兴趣似乎没有什么转移，仍旧是杂格咙咚，故确乎也做不了教授们的学问。马国兴先生曾在郑州店干过，在我邮购书的时候，他大概还不在店里，我没有问过，即使他在，也不会记得我这样的读者，买书人正多，故事也多，在他来说，正是美好的回忆；而作为买书人，当年找书目，填汇单，接着是漫长的等待，也是一段抹不去的美好回忆。

这是我与郑州的书缘，虽然邮购书的事告一段落，但书缘还在继续。过了几年，李辉先生开始给大象出版社策划、主编丛书，他不时给我寄下几册，如“大象人物日记文丛”中的《巴金日记》、《聂耳日记》、《吴祖光日记》、贾植芳《早春三年日记》、陈白尘《缄口日记》、郑振铎《最后十年》，“大象人物书简文丛”中的巴金《佚简新编》、丰陈宝等《缘缘堂子女书》、孙犁《芸斋书简续编》，“名家文化小丛书”中的丰子恺《绘画与文学》，“大象人物聚焦书系”也有好几种，其中《孙犁：陋巷里的弦歌》，则是作者汪家明先生赐下的。正因为有了这许多馈赠，让我对大象社刮目相看，选题之独特，印制之讲究，推广之有力，不是财大气粗的出版社都能做到的。

故大象社的出品，让我格外关心，通过网络，将《全宋笔记》等搬回家来。去年，李辉陪着王刘纯社长一行来苏州，席间敬了他们一杯酒，正是我向大象社致敬的方式。

我与郑州的书缘仍在继续。去年九月读书年会在郑州举行，我就亲履其地了。去之前，正好在读一九二三年中华书局出版的《新游记汇刊续编》，第二册里有好几篇写到郑州。张相文《豫游小识》一篇写于民国初年，他说："城周九里，内多居户，惟西门内多商店。新开市场，则在城外之西南隅，近车站之侧，廛区规画，颇为整齐。新商皆汉口、天津人，若河南细民，则类多缓惰，不适于商业之竞争也。闻郑州产米最佳，为中州冠，岁运省城，为出产之大宗云。"又《汴梁游记》一篇，那是蔡陈汉侠女士一九一六年的游踪，其中提到郑州市廛的情形："偕谢夫人往游商场，距车站不数武。该场初落成，式如上海楼外楼，亦有屋顶花园，园中八面设小亭屋，备为商家陈列货物，或卖买者，或测字算命者，虽名为园，花草全无，殊为可惜。二层楼亦有洋货店、茶室，以备游人解渴之所。有一乡女，手摇铁板，高唱道情于茶室，以招游人。惟游人并不见多，盖该地妇女，多不出游，闲时辄聚三五闺友于家庭，作叶子戏，故此等游戏场中踪迹甚疏也。”我知道，这是一百多年前的烟景了，如今早已有翻天覆地的变化。高铁到郑州后，看到宽阔的马路，毗连的高楼，五光十色的市招，碧绿茂盛的行道树，与内地的其他城市差不多，如果让我突然空降市区，那是不会知道在哪个城市的。

在郑州，除了在嵩阳饭店食宿、开会外，只参观了河南省博物馆，因主体建筑正在装修，部分藏品陈列在一个附楼里，自然不能让我餍足；参观了瑞光创意工厂，虽有可看之处，似也没有更多创意的地方；又在“我在书店”的昆仑望岳店搞了一次读书会，那里是地产商为推销楼盘辟出的空间，这在不少城市都有，在活动现场，我看到了当地一批年轻的读书人，他们浓郁的兴致，关心的话题，让我回想起自己年轻的时候。

在这次年会上，有幸见到郑州的两位先生，一位是赵和平，一位是曹亚瑟。和平笔名何频，年长我两岁，他的胞弟武平，则是我的老熟人。和平很是勤奋，出了不少书，我的书架上，就有他的《文人的闲话》等，在《文汇报》等副刊上，也经常看到他的文章。这次初会，他以《羞人的藏书票》相示，今年春上又寄下《茶事一年间》，那都是我喜欢的文字，简净而流丽，要言不烦，引人入胜。亚瑟则是饮食研究家，给自己起了一个斋号“小鲜馆”，用它来做一家饭馆的招牌，真是不错。他送我一册《四月春膳》，古今中外，流香溢脂，所谈都与吃有关，意味却是在吃之外的。在回苏州的高铁上，就将这本书读完了。

由此看来，我与郑州的书缘不浅，总还将继续下去。

二〇一九年五月二十一日

# 苏州虎踪

如今苏州一带，谈起老虎的踪迹，有点不可思议，但在古代确实是有的，摭拾一二故事，聊供谈助。

两千五百多年前，吴王阖闾、夫差曾在东山、光福划地养虎，正德《姑苏志·山下》说："武山在东洞庭之东，本名虎山，相传吴王养虎于此，后避唐讳，改今名。"道光《光福志·山》说："虎山在镇西北，相传吴王养虎于此，故名。"相传吴王阖闾葬后三日，有白虎蹲踞其上，故名虎丘。旧题唐陆广微《吴地记》说："虎丘山，避唐太祖讳，改为武丘山，又名海涌山，在吴县西北九里二百步。阖闾葬此山中，发五郡之人作冢，铜椁三重，水银灌体，金银为坑。《史记》云：'阖闾冢在吴县阊门外，以十万人治冢，取土临湖，葬经三日，白虎踞其上，故名虎丘山。'《吴越春秋》云：'阖闾葬虎丘，十万人治葬，经三日，金精化为白虎，蹲其上，因号虎丘。'秦始皇东巡，至虎丘，求吴王宝剑，其虎当坟而踞，始皇以剑击之，不及，误中于石。其虎西走二十五里，忽失，于今虎疁，唐讳虎，钱氏讳疁，改为浒墅。”

虎丘的虎踪，南宋后期仍有，周密《癸辛杂识别集》卷上说：“近岁平江虎丘有虎十馀据之，同里叶氏墓舍在焉。其一大享堂，虎专为食息之地，凡人兽之骨交藉于地，蛇骨亦有之。闻虎之饥，则兼果实皆啖，不特兽也。其堂下大泥潭，虎饱则展转于中。傍居之人熟窥之，凡食男子必自势起，妇人必自乳起，独不食妇人之阴。或有遇之者，当作势与之敌，而旋退引至曲路，即可避去，盖虎不行曲路故。”

虽然苏州地处江南水乡，河流交错，湖泊众多，但虎会游泳，故也就能纵横驰突了。但洞庭东西两山，孤悬太湖之中，居然也有虎踪，陈继儒《虎荟》卷四说：“包山旧无三斑，谓蛇、虎、雉也，侯景之乱，乃有蛇、虎。”成化十四年四月，有虎至西南山水间，康熙《吴县志·祥异》说：“十四年戊戌四月，县境诸山有虎。”沈周作《西山有虎行》两首云：“西山人家傍山住，唱歌采茶上山去。下山落日仍唱歌，路黑林深无虎虑。今年虎多令人忧，绕山搏人茶不收。墙东小女膏血流，南村老翁空髑髅。官司射虎差弓手，自隐山家索鸡酒。明朝入城去报官，虎畏相公今游走。”“西山有虎动成群，小儿夜啼争撞门。众中最猛说白额，当昼磨牙当道蹲。腥风冲人行不得，行人出门便愁食。青天白日奈尔何，老夫却愁阴类多。”可见虎不止一只，且死伤人命，但并未捕杀，任其逸去。嘉靖二十年五月，又有虎至东山。翁澍《具区志·灾异》说：“嘉靖二十年辛丑五月，一虎自湖北至东山，俞坞人被伤。乡人殷思式倩长兴虞人射死于法海坞，重二百五十四斤。”叶承庆《乡志类稿·人物》也说：“洞庭在太湖中，自古无虎称。嘉靖辛丑五月，一虎湖中北来，投俞坞，时卢橘方熟，一人入林摘果，被噬殆尽，(殷)训倩虞人捕之，射死于法海坞。”此后又有虎至尧峰，柳商贤等《横金志·杂缀一·祥异》说：“万历初年，虎自太湖至尧峰，见《尧峰志》。”

吴江六都(今七都)在太湖之滨，也有虎来，乾隆《儒林六都志·摭馀》说：“明季末年，有黑斑虎伏于皮场庙前柏树下，里人惊而走。有一老妪曰：‘此神虎也。’拜之，虎遂餂去其半面。合地惊怖，执械逐之，入于民舍，众登屋揭开椽瓦，折其颈而死，重四百馀斤。未几鼎革，里中死于非命甚众。或曰：虎，兵象也。”黎里在吴江腹地，康熙间曾两次见虎，嘉庆《黎里去·杂录》：“康熙初，罗汉寺竹园中忽踞一虎，里人戒恐。有南栅胡大腹者，素有胆，只身往观，潜至竹林边，为虎所觉，陡起一爪，中大腹左腿，大腹负痛逃，腿遂废。故浒泾弄又名虎径云。”又说：“康熙六十一年四月，虎突至永安圩民家，众逐之，伤三人，一毙。往来田间两昼夜，居民大恐，鸣之官。守备张光玉率兵下乡，虎已去，不知所之。”

清顺治三年正月，有虎至光福，叶绍袁《甲行日注》卷二说：“可生自祖家浜来，云湖南夜闻虎声，举火逐之，则见一白虎，奔入荻苇中，人散复上岸鸣，此兵妖也。”康熙十一年，有虎至天池山一带，汪琬《南山有虎行》题注：“文与也言虎在花山、竹坞间，故为赋此。”诗云：“南山突兀丛荆棘，於菟忽趁腥风出。磨牙矗尾如有神，男妇望之争避匿。山魈一脚何伶俜，阿紫拜斗如人形。青天阴阴白日晚，妖魅群行无近远。冯谁传语白额侯，驱除此曹宜勿缓。吁嗟乎！当路噬人斯失算。”康熙十二年，又有虎至尧峰，汪琬《后南山有虎行》题注：“今年春，虎至尧峰，久而未去。”诗云：“有虎有虎南山南，爪牙铦利须鬖髿。妖狐伥鬼受役使，据岩雄视何眈眈。茶生旗枪竹抽笋，村人采斸相牵引。啸声一振争却奔，恐委疲躯膏虎吻。安得淬箭施长弓，尽杀子母机槛中。坐令茶笋利三倍，酤酒击豚娱社公。”康熙二十八年又相传有虎出没，顾嗣立《猛虎行》题注：“闻虎警作。”诗云：“云霾山脚天无光，血腥冲路烟苍黄。林风飕飕古石裂，山獐野狐缩如鳖。居人出入无阴晴，短刀不用随身行。君不见近来猛虎布城市，杀人何必深山里。”

苏城西北的漕湖、东北的阳澄湖一带，也曾有虎。陈继儒《虎荟》卷六说：“黄埭阮某有膂力，溪行遇虎，突入其舟，阮前抱虎腹，相持入水，逾时乃出，虎逸去。”道光《元和唯亭志·杂记·纪异》引《卮言》：“阳城湖滨有萧泾者，四面皆湖，忽有一虎渡湖来，踞僧舍中，观者甚众。虎峭然不动三四日，人稍狎，田夫张甲醉持鱼叉刺之，虎涉水去，以尾植中流，如樯帆然，有风御之行，俄顷而渡。方张甲之刺虎也，虎起餂其臂，未之啮，臂肉已尽，即时昏倒，人负归，待毙而已。一日，妻适市，逢老人授之方，掘土坑，令卧其中，以积年破屋毛中虫名蛴螬，和唾嚼烂，涂患处，两月而愈，人因名为张捉虎云。”

更有甚者，康熙五十二年居然有虎窜入城中，藏匿于王氏归田园（今拙政园东部）中。朱象贤《闻见偶录》“虎入城”条说：“苏州城距山甚远，即吴县境内诸山,居人多而樵采频,绝无禽兽潜藏。康熙五十二年十月十八日,有巨虎潜于城北王氏之归田园中,其时俱谓于齐门城垣上跳进,然绝无见者,更无形迹。王为王心一之后人,园亦为郡中名园。忽闻有此猛兽,好事者争先往观,伤及二十馀人,官兵搏捕,驱至园傍一茅屋中击杀之。时吴县令张廷弼罢任居郡,作诗纪事,中二句云:'昔闻渡河去,今见入城来。'"顾公燮《消夏闲记摘钞》卷下"十新闻"条说:"是年有虎入北街归田园内,闹两日,近邻迁避,猎户以枪打死。"张紫琳《红兰逸乘·咫述》也说:"王园山石仿峨嵋栈道,后有虎自太湖来,以此负隅,遂为枪炮攻毁。至今乱石塞途,游人莫入。"

明代昆山曾三次见虎,方鹏有《三虎记》记之,惜收入此文的嘉靖十八年刻本《矫亭续稿》数叶漫漶,仅存弘治十二年的一段:"吴泽国也,予家吴淞之上,四望皆水,无崇岗深谷,无灌木茂草,可以容虎,故无虎患。然予耳目所及,虎三至矣。弘治己未十月,先君遣苍头操小舟,载吾亲丈姚君渡江,方将登岸,虎坐萑苇间,忽跃而至,苍头堕水,以善泅不死,姚君仰卧舟中,虎以右足蹑舷,舷断,右足陷泥淖中不能出,风起水涌,舟荡漾至江中流,幸免于难，然两人皆卧病久之，几不起。”另两次，光绪《昆新两县续修合志·杂记》记道：“正德丁卯，农人胡山死于虎。嘉靖戊戌，虎复至，足迹遍三四里。”清道光七年，又有虎来，诸联《明斋小识》卷一“猛虎至”条说：“丁亥冬，吴淞江畔有猛虎来，村之犬彘尽，寖且伤人。于是土人齐持钩棘，逐之昆山县界，窜入丛竹中，为众枪所毙。”

今属昆山的周庄，也有虎踪，光绪《周庄镇志·杂记》说：“顺治丁亥三月，有虎至镇中全功桥，居民惊避，守巡兵祁姓射杀之。”乾隆二十六年，有虎至菉葭（今陆家浜），民国《菉溪志》卷四说：“永怀寺后多灌莽，为野兽所窟。辛巳秋，有白额逾海过吴淞营，潜伏于此，时出伤人及犬豕等。千总刘智往捕，几为噬。一日，有兄弟二人猎其处，不知是虎，兄以叉扰其薮，遽大吼突出。弟惊曰：‘此山猫，殊怕人。’因植枪蹲地，虎来扑，误触枪杆，其锐入口穿其项，后大吼，裂其桿，遁入薮，嗥一日夜死，为千总舁去。兄弟骇成疾，寻愈。”

常熟有山有水，曾多虎踪。如景泰六年十月，有虎入城，嘉靖《常熟县志·灾异》说：“十月，虎入城，突入民温氏，获之。”成化十五年闰十月，有虎至尚湖，李应祯作歌咏之，序曰：“成化十五年后十月，常熟县有虎来尚湖，居民及其半济杀之，以送之县，县复献之府，人莫以为异也。因而作歌以纪之，写附此图之后。”歌云：“昔闻虎，渡河去；今见虎，过河来。深林幽谷不肯住，青天白日来此胡为哉。昂头竖尾不闻吼，顷刻便能登崖走。健儿操舸径乘之，长篙杀之如杀狗。曳来大道腥风起，此畜袪除人尽喜。县官见之心亦惊，连呼壮士有如此。祥耶异耶人籍籍，献之大府喧自息。府中诸衙竞脔分，髑髅为枕皮为席。食其肉，寝其皮，虐人之报当如斯。呜呼！虐人之报当如斯，为人之上者宁不思。”（《珊瑚网》卷四十二《文外翰写松壑虎啸》）。嘉靖《常熟县志·灾异》记成化十七年，“秋大水，虎食人”。陈三格《海虞别乘·灾异》记万历五年冬，“虎至虞山，历镇海门，留月馀乃去”。钱五卿《鹿苑闲谈·谈事》记了两次，一次是弘治十四年八月，“有虎自南来入县境，渡尚湖将及北岸，渔人操舟竞逐，以竹篙乱击杀之”。一次是万历三十八年十月二十九日，“有一虎，渡江北来，落渔簖中，为渔人所觉，挡入三丈浦民家小泾内，巡检陈一龙率弓手及水兵共击之。初张牙舞，摧损军器如嚼铁耳，后以百子铳打入其口，回身北行。众从后追杀之，负其躯，到县请赏”。刘本沛《虞书》也记了一次：“崇祯十四年辛巳三月十六日，有虎不知何来，于钱家仓获之。”

清康熙九年十月，有虎至福山，董含《三冈续识略》卷下说：“福山戍卒遇一醉虎，缚献于大将军辕门，剖肉分送郡绅，云小儿食之，可以稀痘。”刘本沛亦得以一尝虎肉，《虞书》说：“予五岁时，庚戌十月二十九日，福山亦获虎，掌教朱予同乡送肉来，啗之。”乾隆二十四年五月又有虎来，这次闹得较大，郑光祖《醒世一斑录·杂述六》“虎”条记之甚详：“余乡迹远山林，而二百年来虎曾两至。前至在康熙时，未得其详。惟乾隆二十四年麦黄甫过，东周市北海塘外辰巳之交，淡日中突见一虎缓步于大路，意是田家小黄牛逸出，或持竹竿拦之，虎振尾一吼，声似水车忽转，即奔匿陈氏后竹园中（陈氏四兄弟并游庠，次名嘉济，乾隆末训蒙余家）。一乡震骇，或至陈家启北牖觇之，虎伏地近在二丈。有胆者投以砖石，不为动；取周市质库警夜竹鸟枪，实铁子击之，虎怒起啸，场圃风生，闯倒两竹，一跃高出树杪，越河落对岸人家竹园，仍伏，畏日光也。《涌幢小品》谓虎豹一跃六丈，推此可信。旋锣声坌至，虎奔匿海塘，人莫敢近。有力士秦三牯牛者，伊曾路遇逃系牯牛，直前相触，秦两手持其两角，力足与敌，因得此名。时为乡众所激，不得已，持十六斤枣木棍，迹至虎所，虎出，受二棍，爪著于肩而秦仆（后一手瘘废）。虎又奔匿他所，夜食乡中一犬。次早，北城人携雀笼登陴，遥见外濠有泳于水若一犬然，过濠一跃上城，惊知是虎，奔报武衙。守备率兵逐捕，虎已上虞山门，在月城窟，旋跃城出而上山，兵众缒城尾之，时行时止，莫之敢撄。薄暮至剑门，虎入石窟。既昏，有兵某恃胆往探，见暗中如双炬然，其双睛也，即发一枪，虎大吼，山石皆震，然不见其出，旋再探，无所见。直待天晓，某操刀率众入，陡见虎上悬石罅，盖死已久矣。大喜过望，钩下舁入城，遍诣官绅献功，某得食马粮终老。"龚炜《巢林笔谈》卷四"虞山有虎"条亦记常熟虎踪："闻虞山出虎，吏兵持弓矢逐之不获，邑人相惊。以虎至愚，以刘昆守弘农，虎皆负子渡河。今即未能驱之，或未必招之使来。"

常熟还有救虎故事，赞宁《宋高僧传》卷十六《梁苏州破山兴福寺彦偁》说："先是海隅，巫咸氏之遗壤，招真治之旧墟，古寺周围不全，垝垣而已。尝一夜有虎中猎人箭，伏于寺阁，哮吼不止。偁悯之，忙系鞋，秉炬下阁，言欲拔之。弟子辈扶遏且止者三四，伺其更阑各睡，乃自持炬就拔其箭。虎耽耳舐矢镞血，顾偁而瞑目焉。质明，猎师朱德就寺寻虎，偁告示其箭，朱德悛心罢猎焉。”彦偁俗姓龚，常熟人，这座阁后被称为伏虎阁。无独有偶，明初有虎至金村，依林而居，久而后去，金鹤翀《慈乌村图记》说：“尝有虎来依其林，不伤人畜，生二子而去，乡人义虎，又称虎窝云。”

太仓州各邑，也都有过虎踪。据嘉庆《直隶太仓州志·杂缀·祥异》记载，至正二年，嘉定“有虎，有司移文万户府捕之，一虎中矢死，一逸去”；“正统二年，宝山有虎，成群为害，凡伤六十五人，事闻，诏下襄城伯李隆遣吴淞千户王庆、县丞张鉴捕戮之”；正德十年四月十一日，“有虎突至娄塘永寿寺旁，十二日至西门，伤四五人逸去”；顺治十七年九月五日，“八都有虎，噬豚犬，至黄家湾伤人，数日逸去”；康熙二十三年九月，“广福有虎，伤一民一僧，夜逸去”。今太仓岳王的虎路泾，即相传有虎过此，民国《增修鹤市志略·旧迹》说：“虎路泾，在鹤颈湾东北二里许。明嘉靖间忽有虎患，营兵持械逐之，虎自北而南，毙于二十二都。泾为虎所经由处，得名以此。”嘉定外冈镇也曾有虎，先是假虎，后来真虎。明末殷聘尹《外冈志·祥异》说：“崇祯辛未冬月，有黑虎匿金氏宅后竹园中，乡民挺利刃刺之，被伤者三四人。数日后，大雾中往西南而去。先是讹言沙冈桥有虎为患，遍地皆虎迹，蚤暮人不敢行。有抱布者，遇虎来，遂弃布而逃，伺于草间，见虎人立负布而去，疑而尾之。至丘氏墓间，见一僧蒙虎皮足履，履为虎趾爪，盖贼秃为此邀夺过客，潜□□于地，使人不敢追逐也。未几真虎至。”

至今苏州还留下古代虎踪的遗迹，如黄山（今称横山）之西的山腰间有两个石洞，深三四丈，俗称虎洞；光福五云洞，也俗称虎洞。这说明几百年前的苏州一带，生态环境与今日大不相同，时有虎踪，也不是什么奇怪的事。

二〇一九年十二月二十六日

# 寒山兰闺画史

前些年，蒋晖先生送我一部《金石昆虫草木状》，台北世界书局二〇一三年五月印本，全两册，装一纸盒，盒面斜切一角，取出插入都很方便，书装简朴、实用、美观。

《金石昆虫草木状》的原本藏台北“国家”图书馆，全十二册，册纵三十点七厘米，横二十点七厘米，收图一千三百一十六幅。作者文俶，字端容，苏州府长洲县人，乃文徵明玄孙女。文氏是吴中名门望族，就文俶一脉来说，曾祖父文嘉，祖父文元善，父亲文从简，虽然他们的业绩和影响似乎一代不如一代，但总归还都是苏州历史上可以圈点的人物。文俶嫁赵均为室，赵均父亲赵宧光，母亲陆卿子，在当时也很有声望。赵宧光饶有赀财，在天平山后的无名小山上结庐守墓，将那座小山题名寒山，有小宛堂、千尺雪、云中庐、弹冠室、惊虹渡、紫蚬涧、绿云楼、飞鱼峡、驰烟峄、澄怀堂、清晖楼、青霞榭、法螺庵诸胜，号为寒山别墅。赵均夫妇就住在山上，故文俶别署寒山兰闺画史。

在文氏书画史上，沿至晚明，以文俶的成就为最大，不仅因闺秀故也。钱谦益《赵灵均墓志铭》说："端容性明慧，所见幽花异卉，小虫怪蝶，信笔渲染，皆能桡写性情，鲜妍生动，图得千种，名曰《寒山草木昆虫状》，摹内府《本草》千种，千日而就。又以其暇画湘君捣素、惜花美人图，远近购者填塞。贵姬季女，争来师事，相传笔法。"如周淑禧、周淑祜、高静玉等都从其学画。可惜佳人命薄，崇祯七年病卒，年仅四十一。

作为闺秀画家，文俶在明清时期备受推重。钱谦益《列朝诗集小传》闰集称其"点染写生，自出新意，画史以为本朝独绝"。姜绍书《无声诗史》卷五称其"适寒山赵灵均，伉俪偕隐，怡情林壑。赋性聪颖，写花卉，苞萼鲜泽，枝条荏苒，深得迎风挹露之态。溪花汀草，不可名状者，皆能缀其生趣。芳丛之侧，佐以文石，一种蒨华娟秀之韵，溢于毫素，虽徐熙野逸，不是过也。惜其中年羽化，吴中伪笔，传摹最多，远方之人，采声而已。其扇头绘事，必图两面，盖恐为人浪书，故不惮皴染焉"。沿至清代，她的名声更彰著了。张庚《国朝画徵续录》卷下说：

"俶善画花鸟草虫,尝作寒山草木昆虫百种,曲肖物情,亦能写苍松怪石,笔颇老劲。吴中闺秀工丹青者,三百年来推文俶为独绝云。"杨岘《迟鸿轩所见书画录》卷四说:"文俶字端容,从简女,赵灵均室。书画得家法,更工花鸟,接武徐、黄,为国朝闺秀之冠。李星甫署正藏有紫藤金鱼绢本小卷,尾有闺秀潘素心、梁德绳等跋。瑛兰坡中丞藏有没骨海棠白燕便面。古肆见有设色秋花三种,绢本长帧,极风致婵娟之妙。"

文俶以花鸟草虫最为擅长,形式有卷子,有立轴,有扇面,似乎更多是册页。如王士慎《居易录》卷十八说:"吴中闺媛文俶,字端容,寒山赵灵均之配,工于写生,梁溪太学浦生贻其所作花卉草虫十二幅,雅淡有生气。昔闻有著色《本草》一部,惜未见。"韩泰华《玉雨堂书画记》卷四则著录《赵文俶绢本花卉册》:"文俶为衡山公元女孙,以明慧之性,发幽闲之韵,写生直逼宋元,而更能独辟畦町。相传有《寒山草木昆虫状》,又摹内府《本草》千种。是册十二帧,形之奇,多不可名,而设色之艳,小虫怪蝶之栩栩欲活,固俗目所未睹也。署款'辛未二月文俶画',有'兰闺端容'、'雁门文俶'、'赵俶之印'、'端操有踪,幽闲有容'诸印章。"又著录《赵文俶纸本花鸟册》:“宋宣纸,幅大,半倍于前。结构愈奇,气韵愈高古,画石纯用泼墨法,不设色,不点苔,而‘罗浮仙影,翩其来迟’、‘莫名其妙’印章大小廿方,别于前册,具得秦汉人意。此册殆晚年作也。后有文文肃瘦金笺跋云:‘女妹归寒山赵氏,写生直追胜国诸名笔,不特为一时之冠,亦不特流闺秀之声而已。此册共十帧,幅幅有意,对之宛如空山青翠,映带帘几。时方秋暑,凉色翛然也。伯氏文起题于清瑶屿。’册首隶古题‘寒山映秀’四字。”

这本《金石昆虫草木状》,就是一部大型册页,即钱谦益等人说的“摹内府《本草》千种”。这部内府《本草》,得从孝宗时太医院院判刘文泰说起。沈德符《万历野获编补遗·京职》“刘文泰”条说:“刘文泰先任右通政管太医院使,以投剂乖方,致损宪宗,为给事中韩重等、御史陈縠等交章公疏参劾,孝宗命降为院判。至弘治十六年,上因《本草》讹误,命官改修,以刘文泰等充其役,而文泰等于《本草》实懵然,乃请用翰林官任校正。阁臣刘健争之云:‘岂有词臣为医士校书之理?’上乃命翰林专修其书,而太医官不预。盖文泰曾得故大学士邱濬所著医书,俱在十三科之外者,欲另奏以为己功,因有此议也。刘健又力争臣等职在论思,理难侵越,太医院官数多，宜令纂修。上又改命该院自修，取问词臣，以太监张愉主其事。文泰因此益与愉相表里，于是援引专侍禁中，遇上及中宫有疾，无论内外科，俱令文泰直入矣。乙丑之夏，上本以患热得疾，文泰误投大热之剂，烦躁不堪，以至上宾，盖孝康后素亦信任文泰及愉，以故不行遏止。比武宗登极，法司会奏张愉向与文泰为奸，又荐文泰纂修《本草》，先帝不豫，文泰药不对证，宜比诸司官与内臣交结作弊扶同，奏启各斩。上允之。于是南北科道刘菃等，咸谓请速诛文泰，以慰先帝在天之灵。上仅报闻而已，久之，二人苦辨不已，俱免死遣戍。史云是时大臣昵厚文泰者，故不用合和御药大不敬正条，而比他律，因得为后日解脱之地。所指大臣，盖谓谢、李二相也。文泰一庸医，致促两朝圣寿，寸磔不足偿，竟免于死，若其诬陷王三原，又不足言矣。"

刘文泰等编纂的这部《本草》，即《本草品汇精要》，凡四十二卷，按上、中、下三品，分玉石、草、木、人、兽、禽、虫鱼、果、米谷、菜十部，载药一千八百一十五种，附有彩图，皆出自画工，工笔彩绘。由于孝宗遽卒，刘文泰等获罪，"免死遣戍"，这部《本草品汇精要》也就藏于内府，未曾印行。直到康熙三十九年，才在大内库房中被发现，诏令武英殿监造赫世亨、张常住，照原本摹造了一部。次年，又令太医院吏目王道纯等校正原本，录为校正本一部。弘治原本《本草品汇精要》，不知何时流出，辗转为日本大阪武田氏杏雨书屋收藏，近年由九州出版社影印出版，康熙摹造本残卷则藏于北京国家图书馆。

据目前所知的材料，《本草品汇精要》自弘治十八年完工后，一直深藏内府，何以会被文俶摹绘，其中缘故，难以稽考。

这本《金石昆虫草木状》册前有张凤翼、杨廷枢、徐汧题记和赵均叙。需要说明的是，这位张凤翼并非字伯起的苏州“三张”（凤翼、燕翼、献翼）之一，而是另一位张凤翼，代州人，字九苞，号象风，万历四十一年进士第五名，授户部主事，崇祯初累官兵部尚书。九年七月，清兵自天寿山后入昌平，凤翼惧，自请督师，而与宣大总督梁廷栋皆退却不敢战，自知不免罪责，日服大黄求死，以九月朔卒。

赵均叙款署“万历庚申五月既望，赵均书于寒山兰闺”，钤“赵均之印”白文方印，“灵均”朱文方印，庚申乃万历四十八年。叙中说：“此《金石昆虫草木状》，乃即今内府《本草图》汇秘籍为之，中间如雪花、菊水、井泉、垣衣、铜弩牙、东壁土、败天公、故麻鞋以及陶冶、盐铁诸图，即与此书不伦，然取其精工，一用成案，在所未删也；若五色芝、古铢钱、秦权等类，则皆肖其设色，易以古图；珊瑚、瑞草诸种，易以家藏所有，并取其所长，弃其所短耳。与今世盛传唐慎微氏《证类图经》判若天渊，等犹玉石。余内子文俶，自其家待诏公累传以评鉴翰墨，研精缃素，世其家学，因为图此。始于丁巳，讫于庚申，阅千又馀日，乃得成帙，凡若干卷。虽未能焕若神明，顿还旧观，然而殊方异域，山海奇珍，罗置目前，自足多矣。余家寒山，芳春盛夏，素秋严冬，绮谷幽岩，怪黾奇葩，亦未云乏，复为山中草木虫鱼状以续之，如稍经世眼易辨，绘事家所熟习者，皆所未遑也，务以形似求之。物各有志，志各以时，俾后览观，案图而求，求易获耳，亦若干卷，附之简末。”

从赵均的这段叙里可以知道，文俶所摹，即内府本《本草品汇精要》，但并非完全按照原本，起摹于万历四十五年，四十八年了事，历时前后三年。同时，又可知今金陵图书馆藏《寒山草木昆虫状》，乃继《金石昆虫草木状》后所作。

张凤翼、杨廷枢的题记，介绍了这部册页的大概面貌和流传情况。

张凤翼题记款署“辛未十月上浣，凤翼题”，钤

“张凤翼印”白文方印,“象风”朱文方印,“宫保尚书”白文方印,辛未乃崇祯四年。题记说:“兄子方耳,知余夙有书画之癖,出其所藏赵夫人画《金石昆虫草木状》示予。其为册十有二,为幅千有馀,灵均为之序,述而纪其目,彦可为之标题而指其名,一则用墨,一则用硃。序目之书法,远追松雪,近拟六如,而标题之点画遒劲,繇待诏而进于率更,二者已据绝顶。赵夫人,彦可之女,作配灵均,幼传家学,留心意匠,扇头尺幅,求之经岁,未易入手,及其于归赵氏,探宋元之名笔,而技益进。是册告成,三历寒暑,于画家十三科,可谓无所不备矣。”这篇题记,未收入凤翼的《句注山房集》。

杨廷枢题记款署“崇祯壬申五月既望,吴趋杨廷枢维斗氏题”,钤“杨廷枢印”白文方印,“南京解元”朱文方印,壬申乃崇祯五年。题记说:“张与赵年家也,方耳、灵均又年家兄弟中之甚厚者。灵均夫人画《金石昆虫草木状》甫毕,四方求观者,寒山之中若市,名公钜卿,咸愿以多金易之,灵均一概不许,恐所托非人,将致不可问也。独方耳有请而不拒,不惟不拒,且欣喜现于辞色,曰:‘昔顾长康以所画寄桓南郡,南郡启封窃去,谬以妙画通灵为解。今而后,庶几可免此诮也。’夫方耳以其拒他人而不拒己也，酬之以千金。及灵均身后，为之营其丧葬，报其夙愤，恤其弱女，又费五百馀金。峨雪曹太史为方耳作《篆士传》，以志其事，余亦有诗赠之。兹因方耳以赵夫人画，倩予题一二语，聊复及之。若夫色工意象之妙，君家大司马公言之详矣，予复何赘。”问题来了，赵均卒于崇祯十三年，杨廷枢如何在崇祯五年就记赵均身后事，只有两个解释，一是后人伪托，露出破绽；二是壬申乃壬午之误，壬午是崇祯十五年，那就说得通了。

这部册页以工笔描绘，粉彩敷色，不录《本草品汇精要》文字，仅每幅右上角题写药名，由文俶父文从简书。《国朝画徵续录》卷上记道：“文从简，字彦可，晚号枕烟老人。待诏曾孙，苏州府学廪膳生。善书画，传其家法而少变，书则兼李北海，画兼云林、叔明。崇祯庚辰廷试贡士，例得学博，不赴选，后卒于国朝顺治五年。”

张、杨两人都提到最早收藏这部册页的方耳，张凤翼题记称“兄子方耳”，当是凤翼的侄儿，亦代州人，吴定璋《七十二峰足徵集》卷三十七有叶崙《旅中寄张澹城张方耳》诗云：“花时无日不盘桓，作客天涯白社寒。潭柘经悉三夏远，虹桥酒阔一春残。鸥迷汀草迟归梦，鸿断江云问旅飡。每过水山奇绝处，双筇寥落忆同看。”叶嵛，字羽遐，吴县东山人，小传称其“性嗜六书，与赵灵均交，灵均父凡夫先生变玉筯为草篆，著《说文长笺》，灵均世其学，而羽遐能得其笔法”。有《宿寒山赵灵均家》诗云：“枕书睡去门忘扃，幽瀑吹来酒忽醒。冷尽秋心立庭下，寒山月白云冥冥。”据此，叶嵛与赵均、张方耳都有交往。惜乎关于张方耳的记载甚少，其事迹亦不得大概。

世界书局本《金石昆虫草木状》，影印了张凤翼、杨廷枢、徐汧题记和赵均叙，将文俶绘一千三百六十一幅彩图作了重编，每页一到四幅不等，每种仍按《本草品汇精要》，引录《证类本草》等文字。因我手头没有《本草品汇精要》印本，无法来作对照。这种编法，也有它的好处，即可以当作一本矿物、植物、动物词典来读，有图像，有典籍，不但可供欣赏，也更可得到一些这方面的知识。

二〇二〇年一月二日

# 奇人周时臣

周时臣名秉忠，号丹泉，苏州府吴县人。关于他的文献记载很零碎，难以做出一篇传叙来，这几乎是中国工艺名家共有的遗憾。时臣在造型艺术上具有多方面的杰出才华，姜绍书《无声诗史》卷七就归纳了他的主要成就，称其"赋性慧巧，精于仿古，凡三代彝鼎及唐宋诸窑，经其摹范，几欲乱真。古木寿藤，裁为几杖，磨砻工致，莹洁如玉，见者知其出自良工也。即疏泉种石，俱能匠心点缀，出人意表。兼长绘事，苍秀之姿，追踪往哲"。

时臣是晚明的叠山名家，研究苏州造园史，那是不能不提到他的。今所知他的叠山作品，仅徐泰时园、归湛初园两处。

徐泰时园，时称榆绣园，即今留园址。万历二十四年，时任长洲知县的江盈科，应主人之邀，往园中一游，他在《后乐堂记》中说："径转仄而东，地高出前堂三尺许，里之巧人周丹泉为累怪石作普陀、天台诸峰峦状。石上植红梅数十株，或穿石出，或倚石立，岩树相得，势若拱遇。”时任吴县知县的袁宏道，也曾往游，他在《园亭纪略》中说：“徐冏卿园在阊门外下塘，宏丽轩举，前楼后厅，皆可醉客。石屏为周生时臣所堆，高三丈，阔可二十丈，玲珑峭削，如一幅山水横披画，了无断续痕迹，真妙手也。”据范允临《明太仆寺少卿舆浦徐公暨元配董宜人行状》记载，徐泰时归里后，“益治园圃，亲声伎，里有善累奇石者，公令累垒为片云奇峰”，这位“善累奇石者”，当是时臣无疑。江盈科说的“累怪石作普陀、天台诸峰峦状”，袁宏道说的“石屏”，应该是同一景观。

归湛初园，时称米丈堂，在今临顿路东的南显子巷，韩时升《小林屋记》说：“按郡邑志，园为归太学湛初所筑，台榭池石皆周丹泉布画。丹泉名秉忠，字时臣，精绘事，洵非凡手云。”后园归胡汝淳，题名洽隐山房。清初分析，园之一隅归韩馨，仍名洽隐，云壑幽邃，竹树苍凉，时臣所构之小林屋即在园中。韩是升乃韩馨后人，仍居园中，《小林屋记》说：“乾隆辛未，葺二楹于古石洞口，地不满十笏，积书供静玩，以娱晨夕，蒋丈蟠漪篆书‘小林屋’三字额之。洞故仿包山林屋，石床神钲，玉柱金庭，无不毕具。历二百年，苔藓若封，烟云自吐，碧梧银杏，紫荆翠柏。春夏之交，浓阴蔽日，时雨初霁，岩乳欲滴，有水一泓，清可鉴物，嵌空架楼，吟眺自适，游其中者，几莫辨为匠心之运，'石林万古不知暑'，岂虚语哉。"同治初，在南显子巷建程忠烈公祠、淮军昭忠祠、安徽会馆，后圃即洽隐园之旧，修葺后改名惠荫园，时臣所构之小林屋，至今尚在。郑逸梅《淞云闲话·假山》说："又惠荫园有小林屋，岩洞窈然，潴水澶湉，曲折架以石梁，梁殊窄狭，才可蹍步，而奇柱下垂，几及人肩，拊壁以行，愈深而愈暖昧，其极也，则又峆岈豁开而出洞矣。"

时臣仿制定窑，当时称天下第一。高濂《遵生八笺·燕闲清赏笺上》"论定窑"说："近如新烧文王鼎炉、兽面戟耳彝炉，不减定人制法，可用乱真。若周丹泉，初烧为佳，亦须磨去满面火色，可玩。若玉兰花杯虽巧，似入恶道，且轮回甚速。又若继周而烧者，合炉，桶炉，以锁子甲球、门锦龟纹穿挽为花地者，制作极工，不入清赏，且质较丹泉之造远甚。"姜绍书《韵石斋笔谈》卷上"定窑鼎记"也说："定窑鼎乃宋器之最精者，成弘间藏于吾邑河庄孙氏曲水山房，有李西涯篆铭镌于炉座。曲水七峰昆仲，乃朱阳赏鉴家，与杨文襄、文太史、祝京兆、唐解元称莫逆，西涯亦其友也。孙于嘉靖间值倭变，产日益落，所蓄珍玩俱已转徙，兹鼎为京口靳尚宝伯龄所得。毗陵唐太常凝庵负博雅名，从靳购之，遂归于唐。唐虽奇窑充牣，此鼎一至，诸品逊席。自是海内评窑器者，必首推唐氏之白定鼎云。吴门周丹泉，巧思过人，交于太常，每诣江西之景德镇，仿古式制器以眩耳食者，纹款色泽，咄咄逼真，非精于鉴别，鲜不为鱼目所混。一日，从金阊买舟往江右，道经毗陵，晋谒太常，借阅此鼎，以手度其分寸，仍将片楮摹鼎纹，袖之，旁观者未识其故。解维以往，半载而旋，袖出一炉，云：'君家白定炉，我又得其一矣。'唐大骇，以所藏较之，无纤毫疑义，盛以旧炉底盖，宛如辑瑞之合也。询何所自来，周云：'余畴昔借观，以手度者再，盖审其大小轻重耳。实仿为之，不相欺也。'太常叹服，售以四十金，蓄为副本，并藏于家。"

后人将时臣所制的窑器称为"周窑"，蓝浦《景德镇陶录·景德镇历代窑考》说："周窑，隆万中人，名丹泉，本吴门籍，来昌南造器，为当时名手，尤精仿古器。每一名品出，四方竞重购之，周亦居奇自喜，恒携至苏松常镇间，售于博古家，虽善鉴别者亦为所惑。有手仿定鼎及定器文王鼎炉与兽面戟耳彝，皆逼真无双，千金争市，迄今尤传述云。"《参加伦敦中国艺术国际展览会瓷器目录》著录"明周窑娇黄锥拱饕餮鼎"，有"周丹泉造"款，今藏台北故宫博物院。

时臣还能烧制陶印，陈继儒《妮古录》卷二说："吴门丹泉周子能烧陶印，以垩土刻印文，或辟邪、龟象、连环、瓦纽，皆由火范而成，色如白定，而文亦古。"陶印迟在宋代就有，方岳《百十一弟致陶印》云："不妨主掌旧林泉，山泽癯儒半列仙。判月可无方寸印，勘书犹有一朝权。陶人解作虫鱼篆，道号宁须金石镌。约束风烟听驱使，吾家季子似差贤。"陶印自有欣赏者，但也不入自命风雅的鉴赏家法眼，如文震亨《长物志·器具·印章》就说："惟陶印则断不可用，即官、哥、青冬等窑，皆非雅器也。"这几句话或许正是针对时臣烧制陶印说的。时臣发扬光大了前人的工艺传统，且以精湛技艺出之，在他以后才出现紫砂印。傅抱石《刻印源流》就说："至有清一代，江皜臣、朱宏晋、仇嵦、王光祖、江濯之、李栩之刻玉，黄景仁、徐鼎、朱德坪之翻砂拨蜡，魏阆臣之紫檀、黄杨，周丹泉之陶印，孙韡之竹根，郭绍高、王定、张溶之制钮，并有盛名。"可惜作者将时臣的时代说错了。

修缮古器物，乃时臣的特长，李日华《味水轩日记》卷三记万历三十九年三月二十三日：“夏贾出吴氏鞭竹麈尾传观，其形如闽中龙虾，弯曲相就，其坚如石，其色如黄玉，上端受棕尾处，菌缩龃龉，有类莲花跗者五六茎，真异物也。余二十年前目睹吴伯度以十二金购于吴人周丹泉。丹泉极有巧思，敦彝琴筑，一经其手，则毁者复完，俗者转雅，吴中一时贵异之。此物乃丹泉得于所交黄冠者，必深山穷谷，结根石上，野火焚烧，犊子触突，浮脆悉尽，霜荄独存。偶为辟谷餐芝者所见，遂摩挲露奇耳。伯度已作九原下人，此物不殉，竟为卢儿婢子偷易米肉，可叹也。”

时臣在当时也颇有画名，江盈科曾请他绘《姑苏明月图》，作为给人的寿礼，《雪涛阁集》卷十三《与周丹泉》说：“烦为我作姑苏明月一图，寿太府卢公。图中景贵缥缈古淡，不在酿郁，知名笔当自佳耳。数金堪市管城君一醉，不鄙望望。”《石渠宝笈》卷四著录“明人画扇四册”，第三册第十八幅，“墨画山水，隶书‘修竹远山’四字，款署周时臣”。清高宗《御制诗集三集》卷十四《题古扇十柄》，有题时臣《越溪秋泛》，诗云：“漾月涵空万顷铺，远山一抹有还无。扁舟溶演归何处，可是从兹入五湖。”

至民国初年，阳山西白龙寺还遗留时臣与人合作的《白龙霖雨图》石刻，李根源《吴郡西山访古记》卷三著录："《白龙霖雨记并图》，凡二石，万历甲辰八月，周时臣撰，薛明益书；图万历乙巳七月，吴民周时臣、李达合书。"甲辰、乙巳是万历三十二年、三十三年。今沧浪亭仰止亭所嵌御题文徵明小像碑，本置于文待诏祠，小像亦时臣所绘，画右下有阳文"秉忠"、"周时臣"两印。碑上方有乾隆十六年高宗御制诗《沈德潜持文徵明小像乞题句徵明故正士也怡然允之》，这是沈德潜拿了时臣的旧作，让皇上题诗，然后再上石的。

万历二十四年，时臣还请袁宏道题画，宏道《识周生清秘图后》说："不才之木，得子而才，故知匠石不能尽木之用。嗟夫，岂独木哉？世有拙士，支离龙锺，不堪世务。头若藿杵，不中巾冠；面若灰盆，口如破盂，不工媚笑；腰挺而直，足劲而短，不善曲折，此亦天下之至不才也。而一入山林，经至人之绳削，则为龙为象，为云为鹄，林壑遇而成辉，松桂荫而生色，奇姿异质，不可名状，是亦生物之类也矣。嗟夫，安得至人而与之，竟不才之用哉。"赞扬了时臣性格的狷介和才华的出色。

时臣不但能画，还会招仙貌像，出入仙凡之境。

韩世能记了亲历的一件事,《仙应图记》说:“顾祖先遗像旧失于家,无从追补,念此日夜心怦怦也。所善友周秉忠氏,精绘事,又能为人召仙貌像,久请未许。丙申元春,洁诚致恳,乃许以二月初吉举事,法当先期斋戒祷告,至十日丁未设坛,陈供于延真小阁,盖寒寓之三层楼也。是日寅刻,肃周君入,一见语能曰:‘此来有异香,随车入宅,意公精诚所感,神必至矣。’能谢不敏。辰刻到坛作法,命能手缄素纸一幅,书求赐言于封上,置仙坛,送焚符走檄。周测之曰:‘今日之仙宜至,自未公第,存神注想,坐层楼中候之。’俄有三白鹤飞来坛所,忽自三而五而七而九而十二,摩空耀日,回翔久之,其时瑞云缤纷可摘也。观者揶揄,奔告惊喜。能端坐及未,仙果至矣,划然有声,掷果空中,并早所缄原封飞至,能跪受之。仙语周云:‘韩学士多礼,且云护法,神至者众。’周对言:‘如向为仙法,具于中堂应之。’启视所封,则云烟满纸,如前题云,见者惊艳,谓此乃无上法书,匪乩仙所能成也。周君遂谓重扃坛所,静俟庚戌两日内用其言,觅得旧妣二旧像,往事如见矣,聚族群需,时至启扃,则壁间所粘绢已画成祖像,衣冠笑貌,俨若生存,不爽毫发,彩绘鲜妍。所馀丹粉诸色,染浸杯水,非人间有,不知何来。图上复有题句，神采焕发，子孙见者恸哭，且愕且喜，左右亲旧皆雨泣罗拜啧啧。于戏！虽使轩后遗弓，孔壁出经，自能视之，孰可当此者乎。淑人两像，再托周绘，克肖宛然，实由神助。奇哉灵哉，灵哉奇哉！”那是万历二十四年的事，如果韩世能所说属实，真是不可思议。

关于时臣的聪明和机智，也有故事流传，徐树丕《识小录》卷四“周丹泉”条说：“丹泉名时臣，少无赖，有所假冒于淮北，官司捕之急，逃之废寺，感寺僧之不拒，与谋兴造。时方积雪盈尺，乃织巨屦，于中夜遍踏远近，凡一二十里，归寺则以泥泞涂之金刚两足，遂哄传金刚出现，施者云集，不旬日得千金，寺僧厚赠之而归。其造作窑器及一切铜漆物件，皆能逼真，而妆塑尤精。老时口喃喃念佛，如蜂声不可辨，亦能究心内养，其运气闭息，使腹如铁，年九十三而终。末年尚有龙阳之好，亦奇人也。”年过九十，还癖好男色，真是奇人中特殊的一类。

时臣享年九十三岁，其生年可按锺惺诗反推，《隐秀轩诗》宇集有《赠丹泉周翁时年八十二》，诗云：“闻名久不信同时，敢谓今朝真见之。万石转丸如未动，群贤落笔即相知。儿皆白首身无恙，意在青山梦亦随。豫指馀年申后晤，劳劳翻虑我衍期。”

锺惺诗集未编年，但分体之后按年代先后，宇集第一首七言律为《戊午元旦》，题下注“时万历四十有六年也”。故万历四十六年时臣八十二岁，则其生于嘉靖十六年，其九十三岁卒，时为崇祯二年。

附带说说时臣之子伯上。

伯上名廷策，号一泉，也多才多艺。徐树丕《识小录》卷四“周一泉”条说：“一泉名廷策，即时臣之子，茹素，画观音，工叠石。太平时江南大家延之作假山，每日束脩一金，遂生息至万，晚年乃为不肖子一掷。年逾七十，反先其父而终。”可见伯上继承父亲的叠山技术，而成为职业叠山家，从“反先其父而终”一语来看，则时臣叠山作品，必然有些是父子合作。但伯上曾独自为武进吴亮止园叠山，吴亮《止园记》说：“凡此皆吴门周伯上所构，一丘一壑，自谓过之，微斯人谁与矣。”吴亮又有《小园山成赋谢周伯上兼似世于弟二首》、《周伯上六十》等。

伯上除叠山外，擅长丹青，尝应薛益之约，绘《唐文皇十八学士图》。沈德潜《周伯上画十八学士图记》说：“前明神宗朝，广文先生薛虞卿益命周伯上廷策写《唐文皇十八学士图》，仿内府所藏本也。已，又取《唐书》摘其列传，兼搜采遗事，书之于册。”又说：“伯上吴人，画无院本气。虞卿，文待诏外孙，工八法，此册尤生平注意者，顿挫波磔，几欲上掩待诏。”薛益一名明益，字虞卿，号若宇，长洲人，崇祯二年副贡，官四川泸州训导，著有《薛虞卿诗集》等。沈德潜称其为“文待诏外孙”，则有俟进一步考证。此册由伯上绘图，薛益书传。又，苏州山塘韩公祠有《重修白公堤碑》，作幢形，俗称方碑，其一面为五百尊者像，即为伯上所画，李根源《吴郡西山访古记》卷五著录：“五百罗汉像碑，正书，弟子周廷策拜书，为铃木衲子勒石。”

伯上也能妆塑佛像，顾震涛《吴门表隐》卷六说：“不染尘观音殿在北寺东，像甚伟妙，脱沙异质，不用土木，宋绍兴时金大圆募建，名手所塑，边知白记。明成化十九年，张庭玉重建，万历初毁。三十二年，郡绅徐泰时配冯恭人同男洌、浤、瀚重建，得周廷策所塑尤精，并塑地藏王菩萨于后，内殿又塑释迦、文殊、普贤三像，颇伟，管志道记。”

二〇二〇年一月六日

## “七塔八幢九馒头”

吴语向有“七塔八幢”之说，意谓层层堆积，顾张思《土风录》卷十二就说：“器物层累，曰七塔八幢。”苏人好事，借了这句流行的俗语，将苏州城内的一些特别的建筑，列为“七塔八幢九馒头”，那是先有了数字，再将建筑凑上去的，自然没有定规。这个说法，大概是从清代早期开始流行的。

“塔”是佛塔的省称，起源印度，梵语称 stūpa，汉语作“窣堵坡”、“浮图”等，晋宋译经时造为“塔”字，见葛洪《字苑》、顾野王《玉篇》等。佛塔用以收藏舍利，后亦用于收藏经卷、佛像、法器，并起着庄严佛寺的作用。《魏书·释老志》说：“弟子收奉，置之宝瓶，竭香花，致敬慕，建宫宇，谓为塔。塔亦胡言，犹宗庙也。”塔以平面方形、八角形为最多，有单层、双层、多层，建筑材料有木、砖、石、铜、铁等，主要样式有楼阁式塔、密檐式塔、覆钵式塔、金刚宝座式塔和墓塔。在苏州历史上，城内的楼阁式塔，仅有瑞光塔、北寺塔、双塔四座，其他所谓的塔，都是砖塔，砖塔以砖为主要建筑材料，即俗所谓“实心塔”，主要用于供奉僧人的遗体遗骨。“七塔八幢九馒头”的“七塔”指的是砖塔。

“七塔”，先录顾震涛《吴门表隐》卷一中的说法，再稍作补充。

“第一在临顿路白塔子桥东堍，名白塔”，其址在今临顿路白塔东路口。张紫琳《红兰逸乘·古迹》说：“白塔子巷有白塔，雕刻佛像，今在人家壁中。”始建无考，至一九二八年拓宽临顿路时拆除。潘贞邦《吴门逸乘》卷四说：“白塔在临顿路白塔子桥东堍，呈八角形，高可二丈许，共有七层，每层各砌壁穴，盖旧时藏佛处也。余幼时见有市糖果者，就塔建屋居其中，塔踞屋之正中。民国戊辰，拓宽路面时始行拆除。”范君博《吴门巷坊待輶吟·白塔子巷》云：“油壁车轻语未通，游人怜煞软尘红。请看白塔颓唐甚，赤立街头似醉翁。”

“第二在孟子堂东，相传月夜塔顶上巨蛛系丝于官巷口塔上，人可共见”。今称甲辰巷砖塔，为“七塔”中惟一至今尚存的。塔建于晚唐至五代后期，为五级八面楼阁式砖结构仿木塔，高六点八二米，基座每边底宽零点五一米，对径一点二米。腰檐、平座以菱角牙子和叠涩砖相间挑出，并有转角铺作及阑额、柱头枋自檐下壁面隐出。八面间隔辟壶门和隐出直棂窗，各层门窗方位交错设置，内部方室逐层转换四十五度。全塔以清水砖砌成，不施粉彩，朴实无华。二〇一三年被列为全国重点文物保护单位。

“第三在朱长巷东口塔衖，名虹塔，昔旁有古枸杞一株，或云下有玉狗。乾隆二年冬，将倾之前，自摇动，数日而圮”。朱长巷今作郑长巷。

“第四在司狱司署内，塔中有宋熙宁己酉葛蕃记碑。昔是尼庵，尼有淫行，致淫夫王卖肉死，改为署”。司狱司署址，即今之司前街苏州监狱博物馆。废庵改署之事，见沈瓒《近事丛残》“苏州尼姑庵”条记载。按乾隆《吴县志·官署》：“司狱司在府治西南织里桥南，即元旧司狱司，吴元年移置灵芝坊，明洪武六年知府魏观复建今处。”则废庵改署之事或在南宋。

“第五在宫巷南口，名雄塔。宋嘉祐五年九月，沈文罕同男宥从建，勾当人周延祐、陈遇、卫宗咏等同修。信女虞傅氏妙喜隆兴二年九月重修。有石铭一、砖铭二。或云下有玉鸭，人于塔下摇，塔能自动，铃铎齐鸣。乾隆五十七年二月六日圮。”顾沅辑

《元妙观志·金石》著录“沈文罕修塔书金刚经石函题记”、“傅氏妙喜塔砖记”、“隆兴塔砖”三条。顾沅注:“塔本在宫巷南口,即《七修类稿》谓摇之能动者。乾隆甲寅塔忽自圮,好事者拾其砖,拓得此三文。今塔遗址已改为水衖,而砖文亦仅有存者矣。”同书卷十二引郎瑛《七修类稿》:“苏州有砖砌之塔,名曰宫巷塔,虽高不过数丈,大不过数围,人撼之则动,顶之风铃,每为人摇下,因此塔亦每损每修。今官府以拦木障之,好事者拄木以摇。”延至康熙时尚能摇动,褚人穫《坚瓠续集》卷三“宫巷濂溪坊塔”条说:“郡中宫巷有塔,高丈馀,合围约七尺,塔顶乃铁铸者,然两三人于下摇之,则摆动如树木然,铃铎自鸣。盖其下必有机轴,而神匠之所遗巧也。”至乾嘉时已不能摇动了,吴翌凤《逊志堂杂钞》辛集说:“而宫巷之塔,今亦不能摇动矣。”此塔又称佛幢,钱思元《吴门补乘·古迹补》说:“宫巷口佛幢,乾隆五十七年二月六日圮,下有碑,宋时□姓建为儿子作福者。初,郡城有‘七塔八幢九馒头’,今幢存者无二三。”

“第六在濂溪坊,上有仰盂,名雌塔,宋靖康初里人翁氏建,向在资寿尼寺内”。正德《姑苏志·寺观上》说:“资寿尼寺,在长洲县治东北,宋绍兴间建，绍定初重修。有正法堂，张即之书；又有砖浮屠，靖康初邑人翁氏建；又有卢舍那阁，僧居简记。”褚人穫《坚瓠续集》卷三“宫巷濂溪坊塔”条说：“又濂溪坊有小塔，正与宫巷口相对。故老曰，昔年烟雾中以红绿线在塔之半截处，两人拽之，横牵可过，并无窒碍。后有异人识破，不复可牵矣。”潘贞邦《吴中访古杂录》说：“濂溪坊中有砖塔一，高与白塔齐。今半在人家壁中，名已无考，城中七塔之一也。”

“第七在望汛桥西，宋开宝间建，建炎兵毁，故地名七塔寺前巷。地即许氏石虹园，后为金幢庵”。望汛桥即今望星桥，七塔寺即妙湛寺塔。正德《姑苏志·寺观上》说：“妙湛寺，在长洲县东，五代钱元璙施园池建，名优婆夷寺。宋开宝间建七塔，建炎兵毁。绍兴初，王岐公孙女为尼于此，号慈明大师者重建，今呼为七塔寺。”在绍定《平江图》上，“妙湛寺”仅标识一塔。依我看来，七塔寺之七塔皆是砖塔，《平江图》标识一塔，以其非楼阁塔也。

《吴门表隐》卷六说：“城中七塔之外，更有二塔。一在平江路张家桥北首，宋初顾氏建，康熙三十年圮。一在石塘桥巷底，康熙二十九年群儿戏筑而成，时有‘南塔倾，北塔成’之谣。”此外还有黄土塔，在今大井巷西，《吴郡志·桥梁》著录“黄土塔桥”，为城中大街（明清称卧龙街、护龙街，今人民路）南北十桥之一，坐落鱼行桥和周太保桥间。张紫琳《红兰逸乘·古迹》说：“黄土塔桥，明祝京兆尝宿于其旁，有《听鼓记》一篇，据云府署鼓声，今以理测之，当系吴县署中鼓也，若府署在二里之外，而云听之历历，祝公虽耳聪胜人，恐亦未必能如是。地云黄土曲，故塔亦云。郡中砖塔凡七，此其一也。”

砖塔之外，城中还有石塔和瓦塔，《吴门表隐》卷一记石塔“在下专诸巷石塔庙，久废为民家，另建石塔庵于傍”；“瓦塔在宋仙洲巷吉祥庵”。瓦塔始建甚早，洪武《苏州府志·祠祀》说：“吉祥王庙在西中街路，景定间因瓦塔而创，神姓刘也。”即所谓大猛将庙。

如果将这些砖塔、石塔、瓦塔都算进去，那是远不止“七塔”的。

“幢”是指经幢，乃我国佛教石刻的一种，创始于唐，凿石为柱，上覆以盖，下附台座，形状如塔，上刻佛名、佛像或经咒，其制式由印度的幢形变化而来。叶昌炽《语石》卷四说：“一曰经幢，陕人通称为石柱，俗亦曰八楞碑，以其八面有楞也。幢顶每面或有造象，故又呼为八佛头，如怀仁《圣教序》之称为七佛头也。唐人文字多曰宝幢，亦曰花幢。辽金多称为顶幢，或以经文称为尊胜幢子。”平江城自遭建炎兵火，前代建筑、碑刻等荡然无存，惟经幢还有遗留，钱泳《履园丛话·碑帖》“唐石幢”条说：“吴门碑刻，遭建炎兵火，十不存一，故汉唐之碑绝少，今所存者惟石幢耳。”

但“七塔八幢”的“幢”，并非石幢，指的都是砖幢，《吴门表隐》卷一说：“城中八幢，形如方塔，层层供佛，非石幢也。一在孔副使巷中，亦名方塔；一在装驾桥南堍，向有宝幢寺，久废；一在洙泗巷南口；一在石塘桥北小桥头；一在桃花坞石幢弄底；一在因果巷陈氏清畲堂西南隅。馀未详。”

“馒头”者，混堂也，因其为穹顶，形如馒头，故以俗称。郎瑛《七修类稿·义理类二》说：“吴俗，甃大石为池，穹幕以砖，后为巨釜，令与池通，辘轳引水，穴壁而贮焉，一人专执爨，池水相吞，遂成沸汤，名曰混堂，榜其门则曰‘香水’。”沈周《混堂》诗云：“混堂鸣板日初红，怀垢人人向此中。君子欲修除祓事，小夫翻习裸裎风。未能洁己嗟先乱，亦复随波惜众同。惭德应多汗难濯，不容便论水无功。”徐扬《盛世滋生图卷》画枣市街上有“香水浴堂”，后面正是一个穹顶的“馒头”状建筑。枣市街在胥门外，至于城内之“馒头”，《吴门表隐》卷一说：“九馒头，混堂，或云六城门左近各一，此外，一在饮马桥石家湾，一在府治东首，一在北寺前，一在天库前，竟有十馀处，今皆改去无存。”苏州混堂之多，正说明城市文明程度之高。钱思元《吴门补乘·物产补》说：“混堂天下有之，苏州分三等。一则砌石为池，穹幕以砖，顶如团瓢，后为巨釜，令与池通，辘轳引水，穴壁而贮焉，一人专执爨，池水相吞，遂成沸汤，凡负贩者、屠沽者、疡者、疕者，纳一钱于主人，皆得入澡焉，是名‘馒头顶混堂’。一则白石甃池，覆池以屋，虽号清泉，终同裸国，君子不入也。一曰京式盆汤，则版夹为室，室置澡盆，两旁鳞比，下穿地衖，墙外举火，而火通于衖，纳钱七文，则人占一室，虽霜晨冰夕，暖如春融，衣冠之子赴焉。始于三茅姑巷四宜轩，既而都亭桥有二乐轩。”

至清末民初，关于“七塔八幢九馒头”，又有一说，见陆鸿宾《旅苏必读·名胜古迹》：

“七塔八幢九馒头，苏人相传，刘伯温军师按苏城风水而设。七塔者，为北寺塔、大同塔，均在西北街报恩寺内，北寺塔巍然独立，人皆见之，大同塔在报恩寺后园，仅剩二层，在楞伽经堂后，从藏经楼上以高临下，即可望见；瑞光塔，在盘门大街；双塔，在甫桥西街试院左；石塔，在穿珠巷口，今已毁灭无踪；尚有一塔，即白塔子巷口之小白塔也。共成七塔，皆在城中，而虎丘塔，上方塔不与也。八幢，一在西美巷况公祠之大殿天井内，一在石幢弄之宝藏寺内，一在濂溪坊中，一在思婆巷口，一在恤孤局前，共为五幢，其三幢则予忘之矣。至九馒头者，即馒头混堂，其洗浴之池，上面房屋，形如馒头，以砖砌螺旋而上，清时尚有四处，一在大卫弄，一在过驾桥，一在天后宫，一在桑叶巷，洪杨劫后，仅存桑叶巷一处，今为张姓购去改为祠堂，并此一处而无矣。惟馒头混堂，相传有窑神，后之起造混堂者，率皆改造平顶，故馒头混堂日少一日，为天然淘汰也。”

“七塔八幢九馒头”是苏州的一句老古话，究竟是哪些，实在也不必一一去考订明白，聊作饭后茶馀的谈资可也。

二〇二〇年一月七日

## 《乐昌分镜》本事

南戏《乐昌分镜》，全称《乐昌公主破镜重圆》，作者无考，为南宋人所撰。周德清《中原音韵·正语作词起例》说："南宋都杭，吴兴与切邻，故其戏文如《乐昌分镜》等类，唱念呼吸，皆如约韵。"《南词叙录》"宋元旧篇"著录。

《乐昌分镜》本事，向以为出自唐孟棨《本事诗·情感第一》：

"陈太子舍人徐德言之妻，后主叔宝之妹，封乐昌公主，才色冠绝。时陈政方乱，德言知不相保，谓其妻曰：'以君之才容，国亡必入权豪之家，斯永绝矣。傥情缘未断，犹冀相见，宜有以信之。'乃破一镜，人执其半，约曰：'他日必以正月望日卖于都市，我当在，即以是日访之。'及陈亡，其妻果入越公杨素之家，宠嬖殊厚。德言流离辛苦，仅能至京，遂以正月望日访于都市。有苍头卖半镜者，大高其价，人皆笑之。德言直引至其居，设食，具言其故，出半镜以合之，仍题诗曰：'镜与人俱去，镜归人不归。无复嫦娥影，空留明月辉。'陈氏得诗，涕泣不食。素知之，怆然改容，即召德言，还其妻，仍厚遗之。闻者无不感叹。仍与德言、陈氏偕饮，令陈氏为诗曰：'今日何迁次，新官对旧官。笑啼俱不敢，方验作人难。'遂与德言归江南，竟以终老。"

孟棨约生于元和、长庆间，乾符二年登进士第，光启二年署"前尚书司勋郎中赐紫金鱼袋"。在他之前约百年的韦述，在《两京新记》中就已提到此事。

《两京新记》久佚，陶宗仪《说郛》辑存残篇，仅得五条，题名《西都杂记》。今《续修四库全书·史部》影印日本宽政文化间《佚存丛书》所存残本，日人天瀑在《题两京新记后》中说："予偶得古抄本一册，乃其第三卷，而首又阙数纸焉，卷尾题云'写金泽文库本'，则是书之流播此间旧矣，但其不完，殊为可惜已。彼中撰著，援引此书者绝罕，惟宋程大昌《雍录》、明郎瑛《七修类稿》尚一及之两，其他无见也，则疑其佚于彼焉。及读清人朱彝尊《书熙宁长安志后》云'东西京记，世无完书'，乃识其书虽存而非安本矣，安知彼之所佚，非我之所存乎？"确乎如此，自宋以来，所引《两京新记》（或作《西都杂

记》),均不见有此事,而此残卷中记“延康坊西南隅西明寺,本隋尚书越国公杨素宅”,就作了引述:

“初,杨素用事隋朝,奢僭过度,制造珍异,资货储积。有美姬,本陈太子舍人徐德言妻,即陈主叔宝之妹,才色冠代,在陈封乐昌公主。初与德言夫妻情义甚厚,属陈氏将亡,德言垂泣谓妻曰:‘今国破家亡,必不相保,以子才色,必入帝王贵人家。我若死,幸无相忘;若生,亦不可复相见矣。虽然,共为一信。’乃击破一镜,人收其半,德言曰:‘子若入贵人家,幸将此镜合于正月望日市中货之,若存当冀志之,知生死耳。’及陈灭,其妻果为隋军所没,隋文以赐素,深为素所宠嬖,为营别院,恣其所欲。陈氏后令阉奴望日赍破镜诣市,务令高价,果值德言。德言陈价便酬,引奴归家,垂涕以告其故,并取己片镜合之,及寄其妻,题诗云:‘镜与人俱去,镜归人不归。无复姮娥影,空馀明月辉。’陈氏得镜见诗,悲怆流泪,因不能饮食。素怪其惨悴而问其故,具以事告,素憯然为之改容,使召德言,还其妻,并衣衾悉与之。陈氏临行,素邀令作诗叙别,固辞不免,乃为绝句曰:‘今日何迁次,新官对旧官。笑啼俱不敢,方验作人难。’时人哀陈氏之流落,而以素为宽惠焉。”

韦述，京兆万年人，景龙二年举进士，官至工部侍郎，封方城县侯，至德二年卒。其典掌图书四十年，任史官二十年，以史才博识，著名当时。据《新唐书·艺文志》著录，有《唐春秋》三十卷、《高宗实录》三十卷、《御史台记》十卷、《集贤注记》三卷、《东封记》一卷、《集贤书目》一卷、《开元谱》二十卷、《国朝宰相甲族》一卷、《百家类例》三卷、《唐新定诸家谱录》一卷、《两京新记》五卷、《两京道里记》三卷等，又尝预修《唐书》、《初学记》等，可称繁富。

《乐昌分镜》今已不传，钱南扬《宋元戏文辑佚》辑存佚曲三十一支。

二〇二〇年三月二十五日

# “常卖”考

“常卖”一词，我最早是从朱勔之父朱沖那里知道的，龚明之《中吴纪闻》卷六“朱氏盛衰”条说：“朱沖微时，以常卖为业，后其家稍温，易为药肆，生理日益进。”何谓“常卖”，范成大《吴郡志·杂志》说：“朱沖本以常卖为业，常卖者收拾毁弃及破缺畸残器物，沿门贩鬻者。”赵彦卫《云麓漫钞》卷七说：“朱勔之父朱沖者，吴中常卖人。方言以微细物博易于乡市中自唱，曰常卖。”按范、赵的解释，“常卖”是走街串巷的小贩，且“收拾毁弃及破缺畸残器物”，或是“微细物”。

宋人经常提到“常卖”，则与范、赵两人所说的营生不同，那是专门经营古器、字画、书籍、工艺品的骨董商，走街串巷，到处搜罗，或是送货上门，正是他们的职业特点，直至晚近，依然如此。

米芾《画史》说：“范大珪字君锡，富郑公婿，同行相国寺，以七百金常卖处买得《雪图》，破碎，甚古，如世所谓王维者。”又说：“有吴中一士大夫好画，而装背以旧古为辨，仍必以《名画记》差古人名。尝得一《七元》，题云梁元帝画也；又得一《伏羲画卦象》，题云史皇画也。问所自，答云得于其孙。了不知轩辕孙、史皇孙也，若是史皇孙，必于戾园得之，其他画称是。尝见余家顾凯之《维摩》，更不论笔法，便云：‘若如此近世画甚易得。’顾侍史曰：‘明日教胡常卖寻两本。’后数日，果有两凡俗本，即题曰顾凯之《维摩》，陆探微《维摩》题顾凯之者无文殊，只一身，是曾见瓦棺象者也。其一有文殊睡狮子，故曰陆探微，曾见甘露陆探微有张目狮子故也。”

黄庭坚《答王道济寺丞观许道宁山水图》云：“往逢醉许在长安，蛮溪大砚磨松烟。忽呼绢素翻砚水，久不下笔或经年。一日踏门撼门钮，巾帽欹斜犹索酒。举杯意气欲翻盆，倒卧虚樽将八九。醉拈枯笔墨淋浪，势若山崩不停手。数尺江山万里遥，满堂风物冷萧萧。山僧归寺童子后，渔伯欲渡行人招。先君笑指溪上宅，鸬鹚白鹭如相识。许生再拜谢不能，乃是天机非笔力。自陈精力初未衰，八幅生绡作四时。蚤师李成最得意，什袭自藏人已知。贵人取去弃墙角，流落几姓知今谁。大梁画肆阅水墨，四图宛然当物色。自言早过许史门，常卖一声傥然得。雨雪涔涔满寺庭，四图冷落让丹青。往来睥睨谁比数，十万酬之观者惊。客还次第阅春夏，坐见岁序寒峥嵘。王丞来观叹唧唧，亦如我昔初见日。新诗雌黄多得实，信知君家有摩诘。我持此图二十年，眼见绿发皆华颠。许生缩手入黄泉，众史弄笔摩青天。君家枯松出老翟，颇似破屏有骨骼。一时所弃愿爱惜，不诬方将有人识。”这首长歌中“常卖一声傥然得”，正是买卖的中介。无独有偶，南宋王安中《题李成山水》有云：“贵人费尽千黄金，宝奁玉轴谁敢争。一声常卖落公手，世间得丧谁亏盈。”

惠洪《冷斋夜话》卷二“古乐府前辈多用其句”条说：“予尝馆州南客邸，见所谓尝卖者，破箧中有诗编写本，字多漫页，皆晋简文帝时名公卿，而诗语工甚。”这里说的“尝卖”，“尝”与“常”通，即“常卖”。

张杲《医说》卷七说：“有一贫士，于常卖处买得一药方册子。”

刘延世编《孙公谈圃》卷上说：“王青，晏元献公门下常卖人，自号王实头常。”这位王青是专为晏殊服务的常卖人。

洪迈《夷坚支志》癸集卷九“鲤鱼玉印”条说：“淳熙中，明州士人往临安赴省试，舟过曹娥江，渔叟持巨鲤，重七八斤来售，买以钱五百，鱼拨剌不止。士人爱其腴鲜，拟明日斫脍延客。适天色微暖，虑其馁腐，使仆作鲊。既剖腹，于中得小玉印，温润洁白，刻两篆字，不能识。士人朴野，元不料为奇物，漫收藏于笥。至都城旅舍，颇留久，资用不继。值常买小商过门，出以夸示，然但须债五千。商酬五之三，士喜所获数倍，即付与。此商亦非博雅者，只挂于担上。经德寿宫门，提举张去为下直，车中觇望，取而玩视，命随诣其宅，问所得处，且扣其价，亦仅求五千，如数与之，而佩于腰间。他日，光尧太上见之曰：‘汝何处得此？’具以奏。圣情怃然曰：‘此我故物，京师玉册官镌德基字甚工。建炎己酉，避狄于海上，误坠水中，今四五十年矣，不谓复落吾目。’诏赐去为钱二千贯。而别以千贯，令访授士人云。”

刘昌诗《芦浦笔记》卷六“六合大同印”条说：“嘉泰壬戌，予道经姑苏，于常卖得故纸一幅。”

周密《志雅堂杂钞》卷上说：“番作癸鼎，元张称孙家物，杭之常卖驵沈大整者和庵得之，以为奇货。”又说：“嘉兴华亭市中有小常卖铺，适有一物，如桶而无底，非木非竹，非铁非石，既不知其名，亦不知何用。如此者凡数年，过者无一睨之。一日，忽有海船老商见之，骇愕，有喜色，抚弄不已。扣其所值，其人亦黠，驵意谓老商必有所用，漫索其直三百缗。商喜，偿以三之二，遂取钱付之。驵因扣曰：'某实不识为何物，今已成卖，势无悔理，幸以告我。'商曰：'此至宝也，其名曰海井。寻常航海必须载淡水以自随，今但以大器满贮海水，置此井于中，汲之，皆甘泉也。平生闻其名于番贾而未尝遇，今幸得之。'唐埜翁云。"

宋话本《闹樊楼多情周胜仙》说："原来开封府有一个常卖董贵，当日绾着一个篮儿，出城门外去，只见一个婆子在门前叫常卖，把着一件物事递与董贵。是甚的？是一朵珠子结成的栀子花。那一夜朱真归家，失下这朵珠花。婆子私下捡得在手，不理会得直几钱，要卖一两贯钱作私房。董贵道：'要几钱？'婆子道：'胡乱。'董贵道：'还你两贯。'婆子道：'好。'董贵还了钱，迳将来使臣房里，见了观察，说道恁地。"这位董贵买下了婆子的珠花，这正是常卖人买进卖出的经营常态。

元明时仍沿用"常卖"，来称呼骨董商人。

陆友仁《砚北杂志》卷上说："又跋《绛帖》云，

此帖乃林中书摅家旧物，其背纸皆用门状谢书，知其为林中书旧物不疑，祖义得之于常卖担，止九册，欠一册。林政宣间为执政，方当太平极盛之时，其所藏碑刻，莫非精好，故知此帖为难得也。”

鲜于枢《困学斋杂录》说：“乔仲山云，在都下时，尝卖人处有右军书《东方画赞》，烂处欧阳询补，政宣收附，岂元章《书史》中所载者耶。”

张丑《清河书画舫》卷九上著录艳艳《著色春山图》：“庚子縠日，偶从金昌常卖铺中获小袖卷，上作著色春山，虽气骨寻常，而笔迹秀润，清远可喜，谛视之，见石间有‘艳艳’二字，莫晓所谓，然辨其绢素，实宋世物也。”又卷十二上著录杜东原《友松图》，款署“时万历己酉岁十月晦日寓吴门庆云里，张丑获于常卖铺中，篝灯录藏以志之”。

李日华《六研斋三笔》卷三记新安人顾宠叔，“今于常卖处得一扇，有先生仿沈石田画，苍莽淋漓，直得子久家法者”。又卷四说：“里中常卖持一卷来，云是南宫书。”

纵观“常卖”一词的历史应用，从未有如范成大说的“沿门贩鬻”，或如赵彦卫说的“以微细物博易”。因为朱勔是“六贼”之一，其父朱冲自然也不得好评，将他说成出身卑微，乃市井小贩，似乎也更解气些。

朱冲确乎是“常卖”，那就可以结交贵人，这样的人物，在当时不止朱冲一人。如邓椿《画继》卷十说：“政和间，有外宅宗室，不记名，多蓄珍图。往往王公贵人令其别识，于是遂与常卖交通。凡有奇迹，必用诡计勾致其家，即时临摹，易其真者，其主莫能别也。复以真本厚价易之，至有循环三四者，故当时号曰便宜三。”徐梦莘《三朝北盟会编·炎兴下帙》：“良史，字少董，蔡州人，略知书传，喜字学，粗得晋人笔法。少游京师，以买卖古器书画之属，出入贵人之门，当时谓之毕偿卖。”甚至有的士大夫，也愿意充当贵人的“常卖”，张知甫《可书》：“梦说又言，当时搢绅之士，竞于取媚权豪，易古器，鬻图画，得一真玩，减价求售，争妍乞怜，服儒者衣冠，为侯门常卖。”

朱冲结交的贵人，就是大名鼎鼎的蔡京。蔡京善书画，好收藏，朱冲以常卖而得以结识。赵彦卫《云麓漫钞》卷七说：“其子勔有干才，蔡太师憩平江，冲携以见蔡，因得出入门下，被使令。”父子俱荣矣。

二〇二〇年三月二十八日

# 《儒林外史》中的泰伯祠

在吴敬梓《儒林外史》中，南京南门外有所泰伯祠，从它的建造、祭祀、衰败各有描写，且都是全书的关目。

但自古以来，南京并无泰伯专祠，仅有先贤祠，首祀泰伯。至大《金陵新志·祀先贤》记道："先贤祠堂一所，在府学之东，明道书院之西，青溪之上，马光祖建立。自周汉而下，与祀者四十一人，各有赞。"第一位就是"至德让王吴太伯"。《江南通志·舆地·坛庙祠墓附》于江宁府先贤祠记道："后祠毁，明焦竑言于大学士叶向高、李廷机，乃属祠祭郎葛寅亮于普德寺后山建祠，增苏轼一人，春秋祀之。"普德寺后山即雨花台麓。至乾隆初，因年久失修，行将废圮，吴敬梓等发起重修。金和《儒林外史跋》说："尝客金陵，为山水所痼，遂移家焉。是时先生家虽中落，犹尚好宾客，四方文酒之士，走金陵者，胥推先生为盟主。先生又鸠同志诸君，筑先贤祠于雨花山之麓，祀泰伯以下名贤凡二百三十馀人，宇宦极闳丽，工费甚钜，先生售所居屋以成之。”顾云《盋山志·人物上·吴敬梓》说：“江宁雨花台，明所建先贤祠在焉，祀吴泰伯以下五百馀人，岁久，圮矣。征君与同志议复其旧，赀弗继，则独鬻全椒老屋成之，故愈益贫困。”民国《全椒县志·人物·文苑传》也说：“江宁雨花台有先贤祠，祀吴泰伯以下五百馀人。祠圮久，敬梓倡捐复其旧，赀罄，则鬻江北老屋成之。”

因此，吴敬梓对这处先贤祠是充满感情的，在《儒林外史》里就将它写了进去。他将先贤祠改为泰伯祠，有两层意思。一是自己姓吴，《移家赋》自注：“按族谱，高祖为仲雍九十五世孙。”泰伯乃其远祖。二是如张文虎《儒林外史评》所说：“而此独举泰伯者，泰伯，青宫冢嗣，而潜逃避位，如弃敝屣，其于功名富贵，无介意。《儒林外史》除虞、庄、杜、迟诸人，皆不免切切于此。此番大祭，亦居然系名其间，得无文不对题，亦作者寓意所在也。”

第三十三回至第三十六回，穿插叙述泰伯祠的建造筹资、礼乐制订、确定主祭等事。

一日，杜少卿去拜访迟衡山。迟衡山从房里拿出一个手卷来，说道：“这一件事须是与先生商量。”杜少卿道:“甚么事?”迟衡山说:“我们这南京,古今第一个贤人是吴泰伯,却并不曾有个专祠。那文昌殿、关帝庙,到处都有。小弟意思,要约些朋友,各捐几何,盖一所泰伯祠。春秋两仲,用古礼古乐致祭,借此大家习学礼乐,成就出些人才,也可以助一助政教。但建造这祠须数千金,我裱了个手卷在此,愿捐的写在上面。少卿兄你愿出多少?”杜少卿大喜:“这是该的!”接过手卷放开写道:“天长杜仪捐银三百两。”迟衡山说:“也不少了。我把历年做馆的修金节省出来,也捐二百两。”就写在上面。又对卢华士说:“华士你也勉力出五十两。”也就写在卷子上。过了几天,迟衡山来拜访杜少卿,迟衡山说:“那泰伯祠的事已有个规模了。将来行的礼乐,我草了一个底稿在此,来和你商议,替我斟酌起来。”杜少卿看了底稿说:“这事还须寻一个人斟酌。”迟衡山道说:“你说寻那个?”杜少卿答:“庄绍光先生。”两人就到了庄家,说明来意,庄绍光看过底稿后说:“这千秋大事,小弟自当赞助效劳。但今有一事又要出门几时,多则三月,少则两月便回,那时我们细细考订。”原来皇上要召见,是必须去的,但按期就回来了。庄绍光将泰伯祠所行礼乐商订得干干净净,交与迟衡山拿去。转眼过了年,到了二月半,迟衡山约了马纯上等在杜少卿河房里,商议祭泰伯祠之事。众人说:“却是寻那一位做个主祭?”迟衡山说:“这所祭的是个大圣人,须得是个圣贤之徒来主祭方为不愧,如今必须寻这一个人。”迟衡山推荐了南京国子监博士虞育德,众人都说最是适宜,于是大家一起去拜访,虞博士欣然应诺。

泰伯祠祭祀的日子,定在四月初一,提前一天去,斋戒一夜,以便行事。第三十七回就详细记叙了祭祀的过程。

首先描写了泰伯祠的庙貌:“众人看那泰伯祠时,几十层高坡上去,一座大门,左边是省牲之所;大门过去,一个大天井;又几十层高坡上去三座门,进去一座丹墀,左右两廊,奉着从祀历代先贤神位;中间是五间大殿,殿上泰伯神位,面前供桌、香炉,烛台;殿后又一个丹墀,五间大楼,左右两旁,一边三间书房。众人进了大门,见高悬着金字一匾‘泰伯之祠’,从二门进东角门走,循着东廊一路走过大殿,抬头看楼上,悬着金字一匾‘习礼楼’三个大字。”这段描写,当是以先贤祠为依据的。

接着,众人到了祠里,稍事休息,就开始作各项准备:“迟衡山同马静、武书、蘧来旬开了楼门,同上楼去将乐器搬下楼来,堂上的摆在堂上,堂下的摆在堂下。堂上安了祝版,香案旁树了麾,堂下树了庭燎,二门旁摆了盥盆、盥帨。金次福、鲍廷玺两人,领了一班司球的、司琴的、司瑟的,司管的、司鼗鼓的、司柷的、司敔的、司笙的、司镛的、司箫的、司编钟的、司编磬的和六六三十六个佾舞的孩子,进来见了众人。迟衡山把籥、翟交与这些孩子。”

这段先记下了飨堂内外的布置。“祝版”又写作“祝板”,乃书写祝文的木版、纸版,也就是诵读祝文的文本。“麾”是用于指挥音乐演奏的旌旗。“庭燎”是安放在庭中的火把,宋濂《孔子庙堂议》说:“古者朝觐会同与凡郊庙祭飨之事皆设庭燎,司烜共之,火师监之,其数则天子百,公五十,馀三十,以为不若是则不严且敬也。”“盥盆”是净手之盆,“盥帨”是拭手之巾,都用于盥事,《宋史·乐志九》说:“天一以清,地一以宁。惟皇精专,承神明灵。娥御堕津,渎祇扬溟。盥事允严,先祖是听。”

又记下各种乐器。“球”即玉磬,属击乐器,状如曲尺,悬挂架上,击之而鸣。“琴”属弦乐器,即传世久远的七弦琴。“瑟”属弦乐器,形似古琴,但无徽位。“管”是管乐器的总称,分有簧、无簧两类,品种很多。“鼗鼓”乃长柄摇鼓,俗称拨浪鼓。“柷”又称“椌”、“楷”,形如方斗,属木制击乐器。“敔”又称

"柷"、"圉"、"击",形如伏虎,背有二十七齿状突起物,属击乐器。一说奏乐开始时击柷,终止时敲敔;一说两者同用以和乐,不分终始。"笙"属簧管乐器,由笙管、斗子、吹管、簧片等部分组成。"镛"或称"大铙",乃体大质重的铜制击乐器。"箫"属竹制管乐器,或用一组长短不等的细竹管按音律编排而成,或用一根竹管,吹孔在顶端侧沿,正面五孔,背面一孔,相传出于西羌,初名长笛,也称洞箫。"编钟"是一组铜铸敲击乐器,顶端铸有半环,钟数有多至十六枚者,各应律吕和依大小顺序排列,悬于一木架上。"编磬"是由一组石制或玉制的磬组成,一般为十六枚,应十二正律加四半律,按不同的大小、厚薄,从低音到高音,顺序排列,分两排悬于木架上,用小木槌击奏。

"佾舞"是古代举行庆祀活动时的乐舞,佾是指乐舞的行列。古制,天子八佾,即纵横都是八人,共六十四人。《论语·八佾》说:"孔子谓季氏,八佾舞于庭,是可忍也,孰不可忍也!"朱熹注:"佾,舞列也;天子八,诸侯六,大夫四,士二。"泰伯的地位次于周天子,故用六佾,即"六六三十六个佾舞的孩子"。佾舞的孩子,称"乐舞生"或"佾生",各执道具,合乐作舞。故"迟衡山把籥、翟交与这些孩子”。“籥”是管乐器，象编管之形，分吹籥、舞籥两种。吹籥似笛而短小，三孔；舞籥长而六孔，可执作舞具。“翟”是雉羽，乐舞时执之。《诗·邶风·简兮》云：“左手执籥，右手秉翟。”孔颖达疏：“籥虽吹器，舞时与羽并执，故得舞名。”《礼记集说》卷七十九引陈旸注：“籥所以为声，翟所以为文。声由阳来，故执籥于左；文由阴作，故秉翟于右。此文舞之道也。”

祭祀之前，主祭及助祭者须审察祭祀用的牲畜，以示虔诚，称为“省牲”。小说写道：“下午时分，虞博士到了，庄绍光、迟衡山、马纯上、杜少卿迎了进来。吃过了茶，换了公服，四位迎到省牲所去省了牲。”这里的“公服”不是制服，而是祭服，即祭祀时穿的礼服，历代形制有异，不同祭祀场合亦有不同。

当晚，“众人都在两边书房里斋宿”。“斋宿”即在祭祀或典礼前，先一日斋戒独宿，表示虔诚。

“次日五鼓，把祠门大开了。众人起来，堂上堂下、门里门外、两廊都点了灯烛，庭燎也点起来”。迟衡山做了仪式的人事安排，祭祀时要献酒三次，即初献爵、亚献爵、终献爵，由虞博士初献，亦即主祭，庄绍光亚献，马纯上终献；金东崖大赞，即司仪;还指定了司麾的、司柷的、司尊的、司玉的、司帛的、司稷的、司馔的各位。

当下祭鼓发了三通,金次福、鲍廷玺引了司乐的各位和三十六个佾舞生,站立在飨堂内外。金东崖上堂站定,赞道:“执事者各司其事。”司乐的都将乐器拿在手里。又赞道:“排班。”各位或站立丹墀东西两边,或站立祝版前。再赞道:“奏乐。”堂上堂下乐声俱起。再赞道:“迎神。”迟衡山、杜少卿各捧香烛向门外躬身迎接。再赞道:“乐止。”飨堂内外的钟鼓管弦一齐止了。

接着,金东崖赞道:“分献者就位。”迟衡山、杜少卿出去,引庄绍光、马纯上进来,立在丹墀里拜位左右两边。金东崖赞道:“主祭者就位。”两人又出去,引虞博士上来,立在丹墀里拜位中间,两人则一左一右立在丹墀里香案旁。迟衡山赞道:“盥洗。”又引虞博士盥洗了上来。又赞道:“主祭者诣香案前。”香案上一个沉香筒,里边插着许多红旗。杜少卿抽出一枝在手,上有“奏乐”两字。虞博士走上香案前。迟衡山赞道:“跪。升香。灌地。拜,兴;拜,兴;拜,兴;拜,兴。复位。”杜少卿又抽出一枝旗来,上有“乐止”两字。金东崖赞道:“奏迎神之乐。”金次福领着堂上乐工奏起乐来,奏了一会,乐止。

献礼开始了，先是行初献礼。金东崖赞道：“行初献礼。”卢华士在殿里抱出一个牌子来，上写“初献”两字。迟衡山、杜少卿引着主祭虞博士，持麾的走迟衡山前。三人从丹墀东边走，引司尊的、司玉的、司帛的一路同走，引着主祭的从上面走；走过西边，引司稷的、司馔的，引着主祭的从西边下来，在香案前转过东边上去。进到大殿，迟衡山、杜少卿立于香案左右，司尊的、司玉的、司帛的立在左边，司稷的、司馔的立在右边，各捧着祭礼。迟衡山赞道：“就位。跪。”虞博士跪于香案前。又赞道：“献酒。”司尊的跪着递与虞博士献上去。依次献玉、献帛、献稷、献馔。献毕，执事者退了下来。迟衡山赞道：“拜，兴；拜，兴；拜，兴；拜，兴。”金东崖赞道：“一奏至德之章，舞至德之容。”堂上细细奏起乐来，那三十六个佾生手持籥、翟，齐上来舞。乐舞既毕，金东崖赞道：“阶下与祭者皆跪。读祝文。”臧荼跪在祝版前，将祝文读了。金东崖赞道：“退班。”迟衡山赞道：“平身。复位。”诸人从西边一路走下来，虞博士复归主位，执事的都复了原位。

接着是行亚献礼，主献者是庄绍光。再行终献礼，主献者是马纯上。仪式与行初献礼同，只是各执事换了人罢了。

最后行侑食之礼，这是为先人助歆享酒食之兴。金东崖赞道："行侑食之礼。"迟衡山、杜少卿从主祭位上引虞博士从东边上来，香案前跪下。金东崖赞道："奏乐。"堂上堂下乐声一齐大作。乐止，迟衡山赞道："拜，兴；拜，兴；拜，兴；拜，兴。平身。"金东崖赞道："退班。"迟、杜两人引虞博士从西边走下去，复了主祭的位。两人也复了引赞的位。金东崖赞道："撤馔。"杜少卿抽出一枝红旗来，上有"金奏"两字，当下乐声又一齐大作起来。迟、杜两人从主位上引了虞博士，奏着乐，从东边走上殿去，香案前跪下。迟衡山赞道："拜，兴；拜，兴；拜，兴；拜，兴。平身。"金东崖赞："退班。"迟、杜两人引虞博士从西边走下去，复了主祭的位，两人也复了引赞的位。杜又抽出一枝红旗来，乐止。金东崖赞道："饮福受胙。"迟、杜两人引虞博士、庄绍光、马纯上，都跪在香案前饮了福酒，受了胙肉。金东崖赞道："退班。"三人退下去。金东崖赞道："焚帛。"司帛的三人一齐焚了帛。金东崖赞道："礼毕。"众人撤去了祭器、乐器，换去了公服，齐往后面楼下来。堂上堂下的乐工和三十六个佾生，也给带到后面两边书房里。

整个祭祀就算结束了，小说至此，作了总结：

“这一回大祭，主祭的虞博士，亚献的庄征君，终献的马二先生，共三位；大赞的金东崖，副赞的卢华士，司柷的臧荼，共三位；引赞的迟均、杜仪，共二位；司麾的武书一位；司尊的季萑、辛东之、余夔，共三位；司玉的蘧来旬、卢德、虞感祁，共三位；司帛的诸葛佑、景本蕙、郭铁笔，共三位；司稷的萧鼎、储信、伊昭，共三位；司馔的季恬逸、金寓刘、宗姬，共三位；金次福、鲍廷玺二人领着司球的一人、司琴的一人、司瑟的一人、司管的一人、司鼗鼓的一人、司柷的一人、司敔的一人、司笙的一人、司镛的一人、司箫的一人、司编钟的、司编磬的二人；和佾舞的孩子共是三十六人，通共七十六人。当下厨役开剥了一条牛、四副羊，和祭品的肴馔菜蔬都整治起来，共备了十六席。楼底下摆了八席，二十四位同坐。两边书房摆了八席，款待众人。”

各位在回城的路上，“见两边百姓扶老携幼，挨挤着来看，欢声雷动”。马纯上笑问：“你们这是为甚么事？”众人都道：“我们生长在南京也有活了七八十岁的，从不曾看见这样的礼体，听见这样的吹打。老年人都说，这位主祭的老爷是一位神圣临凡，所以都争着出来看。”大家听了都欢喜，一齐进城去了。

吴敬梓为何费如此多的笔墨，将这段祀事写得如此热烈而壮严，陈汝衡认为这是作者历史观的反映，《吴敬梓传》第六章说："他从儒家立场出发，认为康熙逝世前后宫廷中发生的争夺皇位，骨肉相残的事实，都是没有儒家思想教育的结果。只要皇子们有一点泰伯三让的精神，何致如此。他写出了公祭泰伯祠这一大段庄严文字，所宣扬的孔孟儒家教导，固然不值得我们称许，可是他借此对照了清王朝政治现实的丑恶，越是美化泰伯，就越显得满洲统治的荒唐可耻。"

在全书结构上，这一回是重要转折，卧闲草堂本《儒林外史》评曰："本书至此卷，是一大结束。名之曰儒林，盖为文人学士而言，篇中之文人学士，不为少矣。前乎此，如莺脰湖一会，是一小结束；西湖上诗会，是又一小结束。至此如云亭、梁甫，而后臻于泰山。譬之作乐，盖八音繁会之时，以后则慢声变调而已。"

关于泰伯祠的事，并没有完结。第四十八回说，过了许多年，徽州老秀才王玉辉自女儿殉节后，老妻日夜哭泣，心下不忍，便想出来散散心，就一路坐船，经严州、杭州、苏州，来到了南京，本想拜会虞博士他们，“那知因虞博士选在浙江做官，杜少卿寻他去了，庄征君到故乡去修祖坟，迟衡山、武正字都到远处做官去了，一个也遇不着”。一日在巷口遇见世侄邓哲夫，寒暄之后，王玉辉告知访诸君不值的事，邓哲夫叹道：“小侄也恨的来迟了！当年，南京有虞博士在这里，名坛鼎盛，那泰伯祠大祭的事天下皆闻。自从虞博士去了，这些贤人君子风流云散。”王玉辉说，想到泰伯祠去看看。“次日，两人出南门。邓质夫带了几分银子，把与看门的。开了门进到正殿，两人瞻拜了。走进后一层楼底下，迟衡山贴的祭祀仪注单和派的执事单，还在壁上，两人将袖子拂去尘灰看了。又走到楼上，见八张大柜，关锁着乐器、祭器，王玉辉也要看。看祠的人回：‘钥匙在迟府上。’只得罢了。下来两廊走走，两边书房都看了，一直走到省牲所，依旧出了大门，别过看祠的”。

卧闲草堂本《儒林外史》于此回评曰：“看泰伯祠一段，凄清婉转，无限凭吊，无限悲感。非此篇之结束，乃全部大书之结束。笔力文情，兼擅其美。”

泰伯祠终于废圮了。第五十五回说：“话说万历二十三年，那南京的名士都已渐渐销磨尽了！此时虞博士那一辈人，也有老了的，也有死了的，也有四散去了的，也有闭门不问世事的。花坛酒社，都没有那些才俊之人；礼乐文章，也不见那些贤人讲究。”那知市井里又出了几个奇人，其中一位是开茶馆的盖宽。一天，盖宽与邻居老爹在报恩寺吃茶闲话，盖宽说：“你老人家七十多岁年纪，不知见过多少事，而今不比当年了！像我也会画两笔画的，要在当时虞博士那一班名士在，那里愁没碗饭吃？不想而今就艰难到这步田地。”那邻居道：“你不说我也忘了。这雨花台左近有个泰伯祠，是当年句容一个迟先生盖造的。那年，请了虞老爷来上祭，好不热闹！我才二十多岁，挤了来看把帽子都被人挤掉了。而今可怜那祠也没人照顾，房子都倒掉了。我们吃完了茶同你到那里看看。”

接着，小说描写了当时的泰伯祠和两人的心情：“交了茶钱走出来，从冈子上踱到雨花台左首，望见泰伯祠的大殿，屋山头倒了半边。来到门前，五六个小孩子在那里踢球。两扇大门倒了一扇，睡在地下。两人走进去，三四个乡间的老妇人，在那丹墀里挑荠菜。大殿上槅子都没了。又到后边，五间楼直桶桶的，楼板都没有一片。两个人前后走了一交，盖宽叹息道；‘这样名胜的所在，而今破败至此，就没有一个人来修理。多少有钱的拿着整千的银子,去起盖僧房道院,那一个肯来修理圣贤的祠宇!’邻居老爹道:‘当年迟先生买了多少的家伙都是古老样范的,收在这楼底下几张大柜里,而今连柜也不见了。’盖宽道:‘这些古事提起来令人伤感,我们不如回去罢。’两人慢慢走了出来。邻居老爹道:‘我们顺便上雨花台绝顶。’望着隔江的山色,岚翠鲜明,那江中来往的船只,帆樯历历可数。那一轮红日,沉沉的傍着山头,下去了。两个人缓缓的下了山,进城回去。”

《齐省堂增订儒林外史》于此回评曰:“泰伯祠一段,收拾全篇,所谓曾几何时,而江山不可复识矣。感叹苍凉,天下事皆作如是观可耳。”张文虎《儒林外史评》于此亦评曰:“才见东升,又看西没。自古以来,几千万年,日日如此,无人理会,却被淡淡一语提出。圣贤豪杰,俱当痛哭。”

按胡适《吴敬梓年谱》著录,先贤祠的修复是在乾隆五年。而《儒林外史》则迟在乾隆十四年已经完成,程晋芳《春帆集》(起戊辰,尽庚午二月)之《怀人诗》有“外史纪儒林,刻画何工妍”之咏。短短八九年时间,先贤祠不至破败如此。因此,《儒林外史》中的泰伯祠,虽以先贤祠为原型,但已是文学化的“小说家言”。第五十五回写邻居老爹二十多岁时见到“虞老爷来上祭”，七十多岁时与盖宽来重游，其间相隔约五十年，在情节的处理上，乃是天衣无缝的。

二〇二〇年五月一日

# 细书微刻

细书微刻，古已有之，李日华《六研斋笔记》卷一说："弱冠时，得见项子京先生所藏芝麻一粒，一面书'风调雨顺'，一面书'国泰民安'，各四字，云出南宋宫中异人所献者。当时惊诧，舌挢而不下。"晚明常熟人王叔远作核舟，魏学洢《核舟记》说那八扇船窗，"闭之，则右刻'山高'、'月小'、'水落'、'石出'，左刻'清风'、'徐来'、'水波'、'不兴'，用石青糁之"。再如康熙时苏州人沈君玉以橄榄核雕驼子一枚，褚人穫《坚瓠癸集》卷四"驼子诗"条说，那驼子"手持一扇，扇有诗四句云：'一世无骄色，常年只鞠躬。对人能委曲，随处笑春风。''君玉'图书一方"。历史上很多擅长微刻的专门家。

这里介绍晚清的两位，王朝忠和梁垣光，均为钱定一编著《中国民间美术艺人志》（人民美术出版社版，上海古籍出版社再版，改名《美术艺人大辞典》）未及载入。

王朝忠，字振山，号蕴香，一作韵香，别署二兰、梦霞、月山、小石山人等，江苏吴县人，居洞庭东山，后徙常熟。监生，浙江候选盐运司知事，工诗画，妙解声律，楷法圆劲，著有《焚馀诗稿》等。光绪元年卒，年七十六。生平以微刻最为精绝，能于一粒芝麻上书刻“天子万年”、“鼋鼍蛟龙”等字，又尝刻《三国演义》并补绘一百二十四人小像，堪称神技。郑光祖《醒世一斑录·杂述八》“书法精微”条说：“吾友王韵香，洞庭东山人，贾客吾虞，兼擅书法，偶以芝麻数粒见贻，随带其镜照之，见一粒上书‘西宫夜静百花香’唐诗七绝一首，款‘韵香王朝忠书’。人工乎，鬼工乎，同人共称奇绝。因念非常之技，必有非常之用，若当蛮触兵争，岂不以黄金千斤买作告捷露布乎！”光绪十五年，俞樾得见其一粒如胡麻状象牙，上刻五十四字，为作《乌目山人王朝忠所书细字歌》，序曰：“其字凡五十有四，刻象牙为胡麻形，两面书之。文曰：‘《诗》云，乐只君子，民之父母。民之所好好之，民之所恶恶之，此之谓民之父母。庚午十一月书于印月山房之西，乌目山人王朝忠，年七十有一。’以显微镜照之，行款整齐，笔画清晰，洵奇作也。孙婿宗子戴孝廉以示，余因为赋此。朝忠字蕴香，吴县人，寓居常熟，有《护花廊诗草》。庚午为同治九年。”歌云:“昔闻覃溪翁先生,岁岁岁朝有故事。每于西瓜子上书,万寿无疆四楷字。五十岁后目力衰,天子万年字稍易。六十岁后力更衰,改书天下太平四。又于一粒胡麻上,手把毚豪恣游戏。一片冰心在玉壶,七字分明工且细。其后富阳董文恭,能写胡麻亦其次。天下太平字不难,难于宽绰有馀势。古来绝技谁能同,惟师宜官有此异。曾闻寸纸写千言,究竟不知真与伪。异哉王君伊何人,有此奇能是宜识。刻象牙作胡麻形,与真胡麻形无二。执笔为书大学篇,当日不知焉取义。诗云乐只至父母,二十九字密如蝨。字分两面各数行,其下年月无不备。乌目山人王朝忠,书于某年与某地。其地印月山房西,其年庚午今犹记。是岁七十有一龄,古稀老翁见者悸。异哉王君伊何人,岂非熙朝一人瑞。我于何所得见之,出以示者吾孙婿。老夫自愧目力孱,借光于镜始能觑。岂惟字迹不模糊,更觉笔端饶妩媚。众手把玩惧销磨,一家聚观同愕眙。此技从来不多见,愿尔珍藏勿轻弃。眉娘尺绢七卷经,以此视之亦何愧。倘逢老辈董与翁,吾知欣然定把臂。”

梁垣光,字星堂,一作惺塘,号景和,别署翰墨清池馆主、同古居士等,广东三水人。工装池,善吟咏，工铁笔，以鬻印为生，有《梁星堂印存》等。光绪二十九年卒，年六十九。经广东学政徐琪（号花农）之介，其为俞樾刻《福禄寿砖歌》小玉章一枚，光绪二十一年，俞樾作《广东梁垣光星堂善刻玉花农属刻小玉章见赠大不径寸刻字一百四十二神乎技矣为赋一诗》云："往者吴县王蕴香，能于胡麻写细字。一粒胡麻两面书，其字五十而有四（详见第十二卷）。行列整齐笔致妍，此已人间称绝艺。要止目力过常人，运动毚豪未为异。异哉粤东梁星堂，善以铁笔刻玉章。借问玉章大几何，建武铜尺一寸方。刻我福禄寿砖歌，我歌虽短颇亦长。凡二十句句五字，百字分布为九行。前有题目后有跋，姓名年月无不详。一百四十有二字，字字工妙穷微茫。一尺绢绣七卷经，古称神女卢眉娘。今观梁君刻此印，当使眉娘走且僵。尝读栎园印人传，切玉如泥不多见。皜臣死后良工歇，樊榭山人有馀恋（'皜臣死后良工歇'，樊榭句也，皜臣江姓）。后来妙手祝汉卿，其技亦殊令人羡。寸石能刻百馀字，奏刀从容目不眩。要之刻石非刻玉，孰易孰难不待衔。梁君今年六十馀，目力腕力仍如初。其寿曼衍不可量，其艺精进当何如。异日朝廷仿古制，镌刻刚卯驱夔魖（刚卯之制，长寸二分，方六分，刻六十六字，见《后汉舆服志》）。梁君绝技世所仅，固宜征召来公车。岂惟列名技术传，或且待诏承明庐。老夫何幸得此印，自应什袭而藏诸。流传五百馀年后，人人珍重如琼琚。”光绪二十二年，《点石斋画报》以《老眼无花》为题，报道了梁垣光的精湛技艺：“广州城内卫边街有三水县生员梁星堂茂才者，年逾花甲，工篆隶，尤精雕刻。嗣因年老，目力稍逊，几至不能操刀。讵近年瞳瞳者竟似金篦刮过，忽放光明，能以一寸阔石刻《千字文》全部，因显微镜窥之，果觉刀法精严，一笔不苟。去岁曾刻一石，呈前任学宪徐花农文宗，大蒙赏识。文宗代向各当道揄扬，由是名大著，声价遂高。若茂才者，真可谓老眼无花矣。”

民国时又有一位朱詠葵，也是个中高手。《真光》第三十卷第十号“谈薮”栏，有筹成《朱詠葵之镌牙绝技》一篇：“本志廿七卷第十号记神工黄汉侯一则，述黄君精诸家书法，尤擅浅刻，能于方寸牙牌摹刻千馀字，已叹为绝技。今《申报·自由谈》载阁重楼君述朱詠葵之镌牙绝技，拟之黄汉侯未多让焉，兹述于下。夔门朱君詠葵，有镌牙绝技，能于瓜子大小之牙板上刻百数十字，书备各体，余以友之介，得识其人。朱君年甫弱冠，负笈申江，质敏好学，而沉默寡言，不知者示能悉其身怀绝技也。不佞服务五洲药房，某日朱君来访，携镌就牙章一枚见示，章长不及寸，阔不盈三分，然于其端一面，刻庾信《春赋》全篇，多至四百馀字，人目且不能辨，然在显微镜下窥之，则字体瘦劲，行列整齐，时阖座传观，咸为惊叹。同事某君问曰：'古人称雕刻佳者，誉为鬼斧神工，君之技艺，逾于古人，此殆亦有秘术欤？'朱君答曰：'此皆欺人之谈，余（朱君自称）七八岁时，即喜奏刀，惟初则仅镌大者，继乃由大而细，由细而微，积十馀年之研习，故今已能运用自如，盖熟能生巧，别无他法。'朱君之言如此。余则以为一艺之成，半由人功，半由天才，朱君殆过谦言之，然于此更足见其怀才不矜之美德也。闻近朱君欲将其镌技供诸同好，润例每字二角云。"如此精工完备，常人肉眼往往看不清楚，借以放大镜窥之，则纤毫毕著。

鲁迅于此道颇不为然，他在《热风·杂感录四十七》中说："有人做了一块象牙板，半寸方，看去也没有什么；用显微镜一照，却看见刻着一篇行书的《兰亭序》。我想，显微镜的所以制造，本为看那些极细微的自然物的；现在既用人工，何妨便刻在一块半尺方的象牙板上，一目了然，省却用显微镜的工夫呢？”鲁迅不会想到，多少年后，有人竟在头发丝上、米粒上、芝麻粒大小的象牙上微雕鲁迅肖像，鲁迅地下有知，大概会哭笑不得。我对此也并不欣赏，只是感到它还算是一种技艺罢了。

二〇二〇年六月二十二日

# 《藏书报》二十年

时光之逝，正如白驹过隙，转眼间，《藏书报》创办二十年了。二十年来，一直承蒙赠阅，让我了解不少藏书界的事儿，包括旧书旧刊的掌故，书人书事的琐碎。二十年了，日久生情，也就是自然而然的事了。平心而论，比之同样长年赠阅的《文艺报》、《文学报》来，我更爱读《藏书报》，因为更多我熟悉的作者，也更多我更喜欢的内容。

关于藏书，《颜氏家训·勉学》就说："若能常保数百卷书，千载终不为小人也。"自古以来，藏书一直是高雅的话题，藏书家也实在是顶桂冠了。舍间有一点书，有时也被人称作"藏书家"，其实我是不算藏书的。既受条件限制，比如收入，比如空间，比如机缘，更因为兴趣不在那里，我更注重书的实用性，只要版本可靠，就不一定要切实拥有古刻名钞的纸质文本，如按原本影印的电子书就很好。二十年前，搬入现在住的公寓，辟一层做书房，布局不断调整，为的是多放几个书架，又买了三个车库来放书，这说明书确实是在增加的，作者或出版社送的是新书，自己买的也几乎是新书，江澄波先生就说我是“勿买旧书咯”。虽说我不太买旧书，但经常在图书馆、博物馆、旧书店或是熟悉的拍卖公司，摩挲稀见珍本，如昨天在苏州十方书屋，我就看到了袁寒云批《桐阴画论》、金蓉镜批《校刊词律》、马一浮批《蠲戏斋文录》稿本、陈运彰批《白石道人四种》、胡适自校《胡适文存》等，袁寒云的蝇头小字，真是精彩极了。至于《藏书报》，则更多地让我来煞煞书瘾，这就像上名馆吃名菜不能如愿，拿本菜谱读读，甚至一份菜单，也可以杀馋的。在这方面，韦力、谢其章、韦泱等先生的写作，就已经让我很满足了。

我早年写书话，在几张报纸开专栏，那时《藏书报》还没有问世，否则也当辟一园地。虽然我写得并不好，却越来越对这种书话的写法感到“厌气”了。就在二十年前，开始写另一路读书随笔，这是以《看书琐记》、《看书琐记二集》为标志的，接着就是“小集”系列了，至今印了六本，内容是越写越芜杂了。虽然《藏书报》上让我“厌气”的书话不多，但毕竟是一份专业性报纸，我的这些杂写，大概不会受欢迎，因此二十年来给《藏书报》的文章寥寥可数。于此我很有点惭愧，白看了二十年的报纸，居然不能有所贡献，确实有点说不过去。

昨晚，十方书屋主人在老阊门赏饭，席间就天南海北地乱扯起来。我说，《藏书报》二十年了，想不到在座六人，竟有两位自费订阅《藏书报》，且都不是书业中人，这让我感到高兴，虽说纸质媒体都在萎缩，这份报纸还拥有很多读者，真所谓此道不孤。问问两位的意见，都说可看，只是最近几期介绍古纸的化学成分，太专业了，只能翻过不看。我说，大概是与什么单位合作，要谋求生存，也就不得不放弃一点原则，但因此而放弃了读者，那是划不来的。

二〇二〇年八月三日

# 话说王亶望

王亶望，字味隒，山西平阳府临汾县人，江苏巡抚王师次子。乾隆十五年举人，捐纳知县，发甘肃，知山丹、皋兰诸县，选授云南武定知府，除宁夏知府等。三十四年擢山东按察使，三十五年擢浙江布政使。三十九年移甘肃布政使，与陕甘总督勒尔谨勾结，侵蚀监粮，捏灾冒赈，大肆贪污，但未被发现。四十二年擢浙江巡抚，四十五年以丁母忧免。四十六年因甘肃贪污案发，入狱，查抄，七月三十日被斩。

## 监粮案

乾隆后期最大的集团贪污案，乃是以王亶望为首的侵吞监粮案，近年播放的电视连续剧《乾隆王朝》、《倚天钦差》、《铁齿铜牙纪晓岚》等，都对这起大案作了反映。

监粮案的起因，先是有一个甘肃地方政策，因甘肃土地贫瘠，产粮甚少，仓囷空虚，故就推行捐监之法，即输纳豆麦者，可取得监生资格。由于这个政策弊端较多，乾隆三十一年被废止。三十九年，陕甘总督勒尔谨向朝廷请求恢复捐监旧例，筹粮备赈。高宗批准奏请，调任王亶望为甘肃布政使，主持收粮捐监之事。王亶望上任后，与勒尔谨串通一气，改捐粮为输银，又谎报旱灾，冒领赈款，私分其银，自总督以下，皆有分润，王亶望则所得最多。仅隔半年，王亶望就向朝廷疏报，收捐一万九千多名，得豆麦八十二万多石。高宗感到很奇怪，发“四不可解”诘问勒尔谨：一、甘肃民多艰窘，安得有二万人捐监？二、民食尚且不敷，又安得有如许馀粮？三、捐监粮今半年已得八十二万，年复一年，经久必陈腐，又将安用？四、即使每岁借给民间，何不留于闾阎，听其自为流转？谨尔勒饰辞具覆。高宗因查不出破绽，只好说：“尔等既身任其事，勉力妥为之可也。”至四十二年，甘肃累计收到监粮六百多万石，王亶望也因功擢浙江巡抚。

四十五年三月，高宗南巡至杭州，王亶望供张甚侈，上谕戒之。同月，王亶望丁母忧。新任浙江巡抚李质颖入觐，因与王亶望意见不合，遂言其不遣妻孥还里行丧。高宗降旨，责王亶望忘亲越礼，褫其职，仍留塘工效力。

四十六年三月，甘肃河州爆发苏四十三起义。高宗派和珅、阿桂到甘肃督办军务，他们报告说，该省雨水太多，妨碍征战。这引起高宗的注意，“该省年年报旱，何以今岁得独多？其中必有捏饰情弊”。遂命阿桂与署陕甘总督李侍尧细察上奏。这样一来，王亶望贪污案败露了。原来，王亶望与全省官吏通同作弊，捐监收的不是本色粮，而是折色银。然后又以年年旱灾赈济为借口，将上报监粮开销，而把捐监银没入私囊。王亶望家赀三百馀万两，大部分是由此项贪污而来。其他行省府州县官员，侵吞二万两以上二十人，一万两以上十一人，一千两至九千两的二十九人。

狱定，王亶望处斩，勒尔谨赐死，甘肃布政使王廷赞论绞，兰州知府蒋全迪、皋兰知县程栋等均处死，第一批二十二人，高宗说：“此二十二人之死，皆亶望导之使陷于法，与亶望杀之何异？”李侍尧又续发得赇诸吏，又诛闵鹓元等十一人，罪董熙等六人。此案先后被正法五十六人，免死发遣四十六人。接着又发生闽浙总督陈辉祖侵吞王亶望查抄赃案，牵涉到浙江布政使国栋、衢州知府王士衡、嘉兴知府王仁善、杭州知府杨先义、钱塘知县张翥等，结果陈辉祖处以斩监候，其他人或遣戍新疆，或发河南河工效力赎罪。这是与王亶望案有关的又一起大案。

高宗本来对王亶望很有期望，乾隆四十五年南巡，有御制《赐浙江巡抚王亶望》云："海塘正南涨，柴石费经营。既弗差徭横，还资工作成。安民先察吏，用智务敦诚。勖尔无多语，直须继父声。"自注："王亶望父王师，曾任浙江、江苏抚藩，颇著贤声。"四十六年案发后，高宗对王亶望深恶痛疾，御制《言志》云："甘省捐监蠹，始自王亶望。木偶视督臣，一气通下上。定议收本色，贮仓资赈放。墨吏收折色，欲壑饕无量。报部仍本色，公然行诈诳。何能终久瞒，水落石出状。利令其智昏，抑亦良心丧。此而逭抵法，弊吏将何尚。冒赈兼剥民，自取罪应偿。然予虑因咽，废食益非当。明道语晦叔，谠言恒所仰。宁受百人欺，好贤心莫旷。吾以用之赈，宁滥毋遗宕。诚恐觊觎者，谓吾靳赈饷。巧吏何弗为，恤民事胥忘。弊不可不惩，即此恐招谤。吾如有所吝，全蠲赋三贶。万民被岂虚，万世传宁妄。是用布赤心，言志期共谅。嗟乎为君难，展转增惆怅。"于"木偶"句下自注："始以甘省岁被灾，地方吏欲藉捐监粮，以为赈恤之用，部议因准行，并令只收本色米，其后乃私收折色银，实始自王亶望为藩司，而总督勒尔谨竟如木偶，并不参奏，甚至通省上下，联为一气，冒赈分肥，毫无忌惮。因令阿桂等彻底严查，方悉其弊。”

## 食和色

王亶望既好色，又好吃。色的方面，相传有所谓“鸳鸯裤”，徐珂《清稗类钞·豪侈类》“王亶望骄奢淫佚”条说：“浙江巡抚王亶望以赀郎起家，至中丞，后以不法伏诛。籍没时，箧有四足裤，绣字于上，曰‘鸳鸯裤’。高宗大恶之，曰：‘公卿宣淫，一至于此！’”吃的方面，姚元之《竹叶亭杂记》卷五说：“朱孝廉云锦客扬州，雇一庖人王姓，自言幼时随其师役于山西王中丞亶望署中。王喜食驴肉丝，厨中有专饲驴者，蓄数驴，肥而健。中丞食时，若传言炒驴肉丝，则审视驴之腴处封取一脔，烹以献。驴封处血淋漓，则以烧铁烙之，血即止。鸭必食填鸭。有饲鸭者，与都中填鸭略同，但不能使鸭动耳。蓄之之法，以绍酒坛凿去其底，令鸭入其中，以泥封之，使鸭头颈伸于坛口外，用脂和饭饲之。坛后仍留一窟，俾得遗粪。六七日即肥大可食，肉之嫩如豆腐。若中丞偶欲食豆腐，则杀两鸭煎汤，以汤煮豆腐献之。豪侈若此,宜其不能令终也。”又吴卿怜《泪诗》注:“王处查封,庖人方进燕窝汤,列屋皆然,食厌多陈几上。兵役见之,纷纷大嚼,谓之洋粉云。”这仅是举例而已。

道光间郑光祖《醒世一斑录·杂述二》“名厨佳制”条,就将王亶望的“食”和“色”结合了起来:“从来重色者必求佳冶,与知味者必讲嘉肴,事虽分属,而势实相因。乾隆间,有某中丞好内,广置姬妾,犹以为温柔乡中尚无尤物,由京赴浙,道过金阊,谅吴下必多殊色,而遍选竟无当意。闻虞山灵秀,潜来咨访,亦猝不易得。因以便服闲步城隍庙前,见有妇携女进香者,其女丽质天成,不言生媚,中丞惊为国色。从者觇其旋入石梅尼庵,为访知是邑东乡张墅王姓女,乳名伏,父训蒙为学究,家系清贫,应可货取。即谋于尼,尼善为说合,以成其事。旋知女家亦山西籍,不无同姓之嫌,然已定情,待之有加礼而已,及入浙署,宠冠诸姬。女本多才善心,经通文翰,偶绣句于帏幔,曰‘色即是空空是色’,要中丞对,效苏小妹三难新郎故事也。中丞缓之,同梦中语中丞曰,胡不对‘卿须怜我我怜卿’也?中丞狂喜,令并绣于幔,(并见纪文达公《消夏录》。)自是宠竟专房焉。春暮百花竞放,中丞喜人有花容,花如人面，开盛筵赏之，诸姬称美吴馔，女独无言，诘之，曰：‘欲似我张墅毛厨所治，恐未逮也。’中丞问其详，曰：‘妾家住江乡，春初鲀美，秋暮鸡肥。毛厨名荣，字聚奎，烹饪独绝，张墅与附近之梅林镇重筵者必致之，近墅郑氏有句曰：鲀来张墅全无毒，鸡上梅林别有香。应可证也。’中丞奇之，立将荣物色到浙，荣一时名震西湖。后中丞不久坐法，荣归，名又重于乡里。切思与荣同事者，不少其人，多年习熟，所治应无大异，乃一经假手，知味者必立辨为非出荣手，则荣之艺，真有不可及者。后荣不久下世，其侄孙毛观大随先君到滇，艺远不逮，惟遗荣食谱一册，流落余箱。今检出视之，法制纷繁，皆人所共知，余欲著名厨之佳制，翻阅全册，无可著意，姑将末后杂馔中数事录之。”

这段记载，需要作点说明。王亶望到常熟访艳，见到张墅（张家墅，今属白茆）王氏女，厨子毛荣也是张墅人，梅林（梅里的雅称）在白茆之北，相距不远。毛荣本是乡间名厨，王氏向王亶望推荐其人，未必合乎王亶望吃驴肉鸭子的胃口，倒更合乎王氏的乡味。毛荣被物色到杭后，苏杭口味相近，又由于王亶望的关系，“名震西湖”是自然的事。乾隆四十六年王亶望败后，毛荣归里，因是著名官厨，身价倍增,但一直在乡间为厨。所遗食谱,仅存郑光祖《醒世一斑录》摘录“杂馔”中茯苓鸡、鸡糊涂、鸭糊涂、羊眼馔、羊脚馔、冻羊膏、汤鳗、汤鲤、乌毂、干刺蠡鹰、面筋干、八宝豆腐十二道菜的做法,又附燫锅方、糖蹄方两则。郑逸梅《瓶笙花影录》卷上“毛荣食谱”条说:“中丞僚属有好事者,就询于毛,成食谱一卷,奉为秘笈,概未梓行。洪杨乱后,食谱散佚,无复有存。日前偶与友人杨仲回君谈及,杨君谓其家录有毛荣食谱副本,惜蟫残鼠啮之馀,仅留数叶。一昨蒙以见示,爰录存之,以便知味者之所取法也。”按其所引,即《醒世一斑录》所摘录者也,并非别有所本。

## 卿怜其人

和珅权势熏天,王亶望也为封疆大吏,两人关系微妙。许指严《十叶野闻》“和珅轶事”条说:“珅贪婪索贿,不可纪极。凡外省疆吏,苟无苞苴供奉者,罕能久于其位。王亶望者,卒以赃败得重罪者也。盖珅之欺弄高宗,实有操纵盈朒之术,大抵择贿赂之最重者,骤与高位,高宗固知之,及其入金既夥,贪声亦日著,则施以迅雷不及掩耳之手段,查抄逮治,法令森严,高宗已默许之。而其他之贪官墨吏，期限未至者，听其狼藉，未至不过问也。综而计之，每逾三岁，必有一次雷厉风行之大赃案出现，此虽高宗之作用，实和珅之揣摩工巧，适合上意也。王亶望抚浙时，以和相第一宠人著称，其势炙手可热，而每岁之炭敬冰敬，以及一切孝敬等陋规，总数约在三十万金以上，而此外之珍奇玩好，暗幕中馈遗之物不与焉。尝有一家人某者，衔和相命，至杭购衣饰脂粉之属，为群姬助妆。王闻之，出郊迎迓，设馆于湖壖，穷极华美，虽星使贲临，无其张皇也。家人闻苏杭多佳丽，讽王抚欲一扩眼界。王乃命人遍召五百里内之乐籍中人，萃为群花大会，即西湖上设宴，丝竹嗷嘈，灯光彻夜，并延搢绅人士，为之助兴。清流自好者，掉首而唾，相诫不出清波门。比其去，众清流约禊除雅集，作诗文为湖雪耻者三日。顾当时声势，倾动闾里，王抚实恬不知羞也。家人濒去，乃取所最爱之一妓，及王抚借某绅家所用之陈设，席卷而行。王抚无如何，为之偿银万馀，先后所费，几五万金矣。未几，赃狱起，查封其产，殆百万金。或曰，王本富有，其中非尽贪囊也。然因媚和故，并丧其固有之资，亦可谓随珠弹雀，得不偿失矣。”

有一女子，姓吴字卿怜，江苏吴县人，或说常熟人。年十四为王亶望妾，王坐事服法后，为侍郎蒋赐棨所得，献于和珅。嘉庆四年，和珅籍没，卿怜二十九岁，赋诗叙其悲怨，诗笔隐秀，亦贺双卿、邵飞飞之流亚。自兹以往，处境奚若，不复可考，或说其没入官，或说其自缢，或说其流落人间。

且抄几段关于卿怜的记载。

黄钧宰《金壶浪墨》卷七“吴卿怜”条：“顷见吴卿怜《感遇诗》，询其始末不得。第闻卿怜吴人，善歌能诗词，色艺兼胜。平阳中丞得之，宠幸备至，所云‘色即是空空是色，卿须怜我我怜卿’，为吴赋也。平阳既败，流转归和相，和又嬖之，《感遇诗》即咏和事，顾其有‘马上王嫱，玉笋敲残’等语。和虽籍没，眷属未尝流徙。当时萨彬图承命查办，请鞫使女，朝廷降旨切责，初无刑及妇女之事。诗述十年中惊魂骇魄，迁徙流离之苦，花悲月惨，涕泪沾衣，意固何所指耶？卿怜屡擅专房宠，不能一死报主，逊堕楼人远甚。然自古才色绝世之人，遭遇艰难，所归辄败，往往而然，薄命耶？祸水耶？天既赋之以丽质，而又使不得其所，抑独何哉？平阳名位虽耶不终，既得某伶感恩，又为卿怜知己，呜乎！死而有知，可以自娱矣。”

沈涛《匏庐诗话》卷下：“卿怜，琴川民家女，乾隆间某相国侍儿也。仁庙亲政，相国籍没，卿怜流落人间，为怨诗若干首，时年二十九矣，嗣后不知所终。余尝载其诗《续妇人集》中。尤爱其二句云：'金谷输人传坠粉，他家大婿是英雄。'不减豫让众人国士之论。陈云伯有《卿怜曲》七古一篇，绝似吴梅村。"

郭则沄《十朝诗乘》卷十三"和珅姬长二姑吴卿怜"条："邵伯絅同年近于都市得卿怜小影，跋谓：卿怜吴姓，先为平阳王亶望妾，亶望伏法，蒋戟门侍郎（赐棨）得之，以献于珅，珅甚宠之。及败，卿怜没入官，有诗自述悲怨云：'梁闻燕子来还去，害煞儿家是戟门。'其诗才，胜于二姑，而惓惓故主之思，则二姑为厚。赵亿孙《题卿怜小像》绝句云：'笙歌葛岭几朝昏，量尽明珠价莫论。无奈杨花易飘泊，又随风去堕朱门。''十首吟成薄命词，死生踪迹费猜疑。可怜碧玉年犹小，两见瀛波清浅时。'钱塘陈文述为赋《卿怜曲》哀之。"

邓之诚《骨董琐记》卷五"和珅吴卿连诗"条："钞本嘉庆四年正月谕旨，皆和珅伏法事，有查抄清单，与《庸庵随笔》所载微异，谕旨字句间亦不同，岂所谓报房小钞耶？中有正月十七日，奉上谕，刑部具奏，狱中检得和坤于十五日擅书《悔诗》两首：

‘夜月明如水,嗟予困已深。一生原是梦,卅载枉劳神。屋暗难挨晓,墙高不见春。星辰和冷月,缧绁泣孤臣。’‘今夕是何夕,元宵又一春。可怜此夜月,分外照愁人。对景伤前事,怀才误此身。余生料无几,空负九重恩。’十八日,奉上谕,据刑部监临具奏,吴进和珅《临刑诗》一首:‘五十年来梦幻真,今朝撒手远红尘。他年应泛龙门合,认取香烟是后身。’二十日,奉上谕,据刑部会同顺天府尹具奏,奉旨管押和珅家属。本日午刻,有和珅之妾吴氏自缢身死一案,内有吴氏《泪诗》十首,并自序:‘妾吴氏,字卿连,吴门人也。其年十五,已入平阳王第选侍。乾隆四十四年归和处,今又二十一春矣。分香者何人?卖履者何人?风凄日黯,如助妾之悲悼也。’诗成后,投缳自尽。‘晚妆惊落玉搔头,宛在西湖十二楼。魂定暗伤楼外景,池中无水不东流。’‘香稻入唇惊吐日,海珍列鼎厌尝时。蛾眉屈指年多少,到处沧桑知不知。’‘缓歌慢舞画难图,月下楼台冷绣襦。终夜红尘看不足,朝天懒去倩人扶。’‘钦封冠盖列星辰,幽时传闻进贵臣。今日门前何寂寂,方知人语世难真。’‘一朝能悔郎君才,强项雄心愧夜台。流水落花春去也,伊周事业空徘徊。’‘最不分明月夜魂,何曾芳草念王孙。梁间紫燕来还去，害杀儿家是戟门。’‘莲开并蒂是前因，虚掷莺梭念几春。回首可怜歌舞地，两番空是梦中人。’‘冷落痴儿掩泪题，他年应化杜鹃啼。啼时莫向漳河畔，铜雀春深燕子栖。’‘村姬欢笑不知春，长袖轻裾带翠颦。三十六年秦女恨，卿连还是浅尝人。’‘白云何处老亲寻，十五年前笑语温。梦里轻舟无远近，一声欸乃到吴门。’奉旨已阅钦此。第五首微讹。恐出呈进者改窜，然已明明写出睿帝以积恨杀和珅之故矣。戟门即侍郎蒋赐棨，未几逐归，实缘此一诗。世传‘卿连’作‘卿怜’，陈文述有《卿怜曲》，不著自缢，谓被没入官，且删四五，且删四五两章，得此可以证补。”

嘉庆五年，周瓒（采岩）画卿怜像，陈文述（云伯）作《卿怜曲》，陈鸿寿（曼生）书。《卿怜曲》收入《颐道堂诗选》卷一，咏道：

“楚词且勿奏，齐讴且勿喧。花开复花落，听我歌卿怜。卿怜本是琴河女，生小玲珑花解语。十三娇小怨琵琶，苦向平阳学歌舞。平阳歌舞醒繁华，移出雕阑白玉花。幸免罡风吹堕溷，从今不愿五侯家。侍郎华望殷勤顾，移入侯门最深处。欲使微名达相公，从今却被东风误。相公早岁直龙楼，炙手熏天第一流。襄邑金多频起宅，高安年少已封侯。

富贵功名古来少,美丽金貂都道好。十库珍逾内府充,九州贡比公家早。许降同昌是国恩,春风沿壁月华门。戟门别起汾阳里,粉碓频颁沁水园。不疑原是梁家弟,棠棣碑前恩礼异。瀚海河源几度行,居然功业齐骠骑。廿年枢府秉钧衡,青犊西南正阻兵。饷运半从私室饱,军书例有副封呈。相公此日权难谢,奉御曾无休沐暇。骑马常从禁殿行,肩舆直到宫门下。十二金钗香阵围,火城天上早朝归。花奴击鼓催芳谯,菊部调筝换舞衣。后房婑媠纷无数,蛾眉太好偏遭妒。宫鬟别有内家妆,阳台云雨连朝暮。相公此际太猖狂,绝席军容敢雁行。九列公卿称弟子,头行厮养傲侯王。黄粱已熟曾无计,惟愿大家千万岁。已是钟鸣漏尽时,犹夸虎踞龙蟠势。重华亲政日方中,能补神尧未竟功。已升稷契居三事,更放共驩殛四凶。御史弹章何待讽,侧耳东厢短辕鞚。到此方知狱吏尊,他生枉作河神梦。太息墙高不见春,圜扉冷月照孤臣。唐书卢李应同传,不作神仙误此身。天恩高厚真难戴,族诛终贷房遗爱。已免厨车载屈氂,只劳廷尉收元载。从今池馆尽凄凉,官帖斜封字两行。不及临风双蛱蝶,尚随花片入红墙。一时宫羽都移换,十年小劫悲龙汉。蕙帽兰锜总烟销,雁奴鱼婢皆星散。独有红闺绝代人，网丝尘迹吊残春。将军西第凝红泪，阿母南楼梦白云。哀词婉转吟香口，珠啼玉泣嗟谁某。昨日才歌相府莲，今朝已叹旗亭柳。辛苦何人作鸩媒，杜秋娘曲不胜哀。关山鹦鹉谁同调，更向樽前奏落梅(谓梅姬)。”

这首长诗，叙述了卿怜的一生际遇，大有梅村歌行意味，曾传诵一时。

## 米帖四集

王亶望虽是贪官，却也是当时大僚中的风雅之人。他于历代法书，最是钟情二王，继而欣赏米芾，在浙江布政使任上，先后刻米帖四集，即《清芬堂米帖》，每集四卷，附《昼锦堂记》、《离骚经》各一卷，共十八卷。碑石尚在，今藏北京故宫博物院。

汇刻米帖，最早为南宋绍兴十一年奉旨模勒，凡四卷，今称《绍兴米帖》，后来的《英光堂帖》(即《宝真斋米帖》)一卷、《月虹轩法书》四卷、《贯经堂米帖》六卷，都不如《清芬堂米帖》收罗之广，卷帙之浩繁，确可称为大观。但据研究者说，其中伪迹甚多，有采自旧刻者，有摹自墨迹者，篇幅皆长，殆过全帖之半。由于王亶望官位既尊，诸多学者对这部《清芬堂米帖》也就赞扬有加了，如梁同书跋曰：

"味隞方伯酷爱米老书,下笔有中郎虎贲之似,因汇诸名刻中米书,检其尤精者,命工双钩之,厘为四卷,居然海岳大观,以视曹之格所模《宝晋斋帖》,应无多让焉。"王文治跋曰:"味隞大中丞性爱米书,凡米书之佳者,广为搜罗,精为摹勒,名之曰《清芬阁米帖》,刻至四卷,意孜孜犹未厌。古来之刻米书,其精且备,莫逾于此,信可谓米书之集大成矣。"吴坛跋曰:"味隞中丞雅好米书,前后访求真迹,搜罗善本,共成若干卷上石,邮寄示余,秾纤巨细,无体不备,米之能事尽矣。"其实,梁同书对丛帖中的伪迹,已有发现,但他还是宛转地一笔带过:"世眼视之,疑此中或有赝鼎者,而中丞公神与之契,鉴赏在笔墨之外,谓非米老,那得凌纸怪发乃尔。"

在这部《清芬阁米帖》中,有王亶望跋三篇,他的态度还是实事求是的,不但记下了刻帖的经过,还表达了他的书法美学见解。因为王亶望的文章存世不多,就照抄于下。

"海岳书于晋人最有功,故品诣独高于有宋一代,东坡谓其'沉着痛快,当与锺王并行',盖能于二王遒劲笔意而变以神俊出之,匪特时人难,唐亦鲜及也。今晋人迹不易得见之矣,得见海岳,其犹赖以窥晋人乎！余学书袖一瓣香，仰企羲献，未悉其门庭，因就海岳输焉。张伯雨言：'海岳生平约书麻笺十万，布在人间。'当时虽已寸纸数字，人争购珍玩，而其流传及今犹是不乏。笃好之馀，汇粹寝夥，混淆赝本，汰去若干，犹虑鉴别未精，值具眼人时复出弆商榷。今春与钱塘梁山舟侍讲编次审定为一卷，刻石浙藩署中，以公同好。世之认米书者，或谓'神锋太峻'，或谓'如仲子未见孔子时风气'，不知海岳驰骤中自率晋人轨范，不专以锐利为工，即此刻观，有识者自能会之。乾隆三十有九年，岁甲午夏四月，临汾王亶望识。"

"余汇米老手书，刻成四卷，意亦殊未已，会有兰州之行，诎然而止。然自甲午暨今，岁星四易，所历东西陕为古墨迹之薮，观政之馀，搜访补辑，得合作又若干种，较之前刻有神俊若过之者。窃念明曹氏、文氏外，米帖寥寥，莫或副其一刻再刻之本意，今复来浙江，闲就豫章芸楣彭学使、钱唐山舟梁侍讲审阅续石，余未能窥米老之神蕴，两家固当世鉴载之精，少有富有，累成大观，倘米老复起，设长案洗手展玩一过，当哑然首肯也。乾隆四十三年冬十一月，临汾王亶望跋。"

"右米帖四刻所录，书计四册，意在广搜博采而不能求精，聊以备观览、资考订而已。顾其间所收，或细至蝇头，或大至数寸，有和易古质直入晋贤之奥窔者，有瑰奇险绝尽扫唐贤之门迳者，风骨姿制，诡变不穷，且出于前三刻之外矣。米公云：‘吾书无右军一点俗气。’又云：‘腕有羲之鬼。’其言自相刺谬，米公岂好为欺人之语哉？淆讹公案，须离于言象，真参实证乃自得之，要非多见米书，亦何从参证也。余初刻米书时，尚不知有二刻，何况三、四。乃自西秋抚浙以后，搜罗补缀，以迄于今，三刻既成，复有四刻，皆余初心所不及料者。书法仅六艺之一，米书又仅书家之一，其无有尽藏已若此，况古今之理道倍蓰于兹者乎！然余闻古来真鉴之家，在精不在多，余此刻未免有贪多之病矣。或且称此刻为米书之集大成，则吾岂敢。乾隆四十五年，岁次庚子春二月，临汾王亶望识。”

恕我孤陋寡闻，王亶望的文章，除这三篇外，乾隆《临汾县志·艺文一》收入《崔孝子传》，民国《临汾县志·艺文类下》收入《郭木庵墓志铭》。

## 伶人感遇

相传王亶望谙声律，懂昆曲，一次偶然的机会，提携了一位伶人，想不到在他生命的最后日子，得

到这位伶人的安慰和帮助。这个故事,见黄钧宰《金壶浪墨》卷二“平阳中丞”条记录:

“某伶者,色艺俱工绝,游于陕。陕尚秦声,无解南音者,困甚,无所得衣食。时某部为秦声冠,不得已投焉,部中人共揶揄之,亦不甚令登场。会抚署谳方伯,某部当值,属僚咸集。方伯者,平阳中丞也,数折后,厌听秦声,问有能昆曲者否?部中无以应。某伶独趋进自承曰:‘能。’曹长愕然欲止之,则堂上已呼召某伶矣。登堂请命,甫一发声,平阳色喜,满座倾耳听。歌一阕,平阳曰:‘止,笛板工尺相左,他乐器亦无一合者,是乌足尽所长?’趣呼藩署家乐合之,使演《扫花》一出。伶既蓄技久,思欲一逞,又多历坎坷,愤郁无所泄,至是乃尽吐之,浏离顿挫,曲尽其妙。平阳不自觉其神夺,而身离于席也。平阳号知音,举座见其倾倒如是,莫不啧啧称羡。曲终,自抚军以下,缠头以千计,明日某郎之名噪于长安。部中人承顺惟谨,已持平阳书入都,都下贵人争爱赏之,宴集非某郎不欢,由是名益著。”

“阅数岁,平阳擢陕抚,冒账事发,被逮下刑部狱,家产籍没,眷属羁滞京邸,衣食不给,终日相对惨怛。忽一苍头问讯而至,言主人命致意,已为夫人觅得一安宅。趣呼舆马送至，则屋宇精美，米薪器用，下至箕帚之类，一一完好，顾不知主人为谁。时平阳已论大辟，系狱久，生平故旧，无一左右之者。一日晨起，突有人直至系所，哭拜不能起。视之，则某伶，已去其业，居京师作富人，夫人宅即所置也。于是即狱中置酒，复为平阳歌《扫花》，出甫半阕，平阳大哭，即止不歌，而相对泪下如绠縻。自是朝夕至，视寒暖，调饮食，有甚于孝子之事亲者。弃市日，具棺椁厚敛之，送其榇与妻子归里，又恤其度日费，度足用乃止。后不知所终。常熟王言可曰：'受恩必报，乃出自若辈哉，天下惟知己之感，没世难忘。'若平阳者，仅足知某伶耳。八百孤寒齐下泪，一时回首望崖州。呜乎！彼何人哉？"

这个故事好像就是旧时戏文里的情节，有不少疑窦，与基本史实也不相合，如王亶望从来没有担任过陕西巡抚。那也不必管他了，就姑言之姑听之吧。

二〇二〇年九月一日

# 西楼传奇

西楼者，晚明传奇《西楼记》也。

作者袁于令，苏州府吴县人，生于万历二十年，原名晋，字韫玉，又字令昭，号凫公，晚号箨庵，别署幔亭仙史、剑啸阁主人、东吴逸史、吉衣道人等，住在城内因果巷。袁氏是苏州望族，名人辈出，袁于令曾祖辈的袁表、袁褧、袁褒、袁衮、袁袠、袁裘称"袁氏六俊"，袁裳、袁袭、袁襄称"袁氏三英"；祖父袁年，万历八年进士，以陕西按察使晋阶资治尹致仕，与张凤翼、王世贞兄弟善，工诗，与袁尊尼、袁麟称"袁氏三贤"；父亲袁堪，万历二十八年举人，官至广东肇庆府同知，入祀名宦祠。袁于令就出身于这样的世家，在苏州也算得上门第显赫了。

袁于令早年为府庠生，又为岁贡生，好恣游，出入平康，风流自赏，乃是一个公子哥儿。至天启朝，因争风吃醋的事，闹得纷纷扬扬，被褫革衣衿。这样一来，科举正途无可继续，他就索性绝了这个念头，潜心戏曲创作。今知有传奇九种、杂剧两种，传奇是《西楼记》、《鹔鹴裘》、《金锁记》、《长生乐》、《珍珠衫》、《瑞玉记》、《玉符记》、《汨罗记》、《合浦记》，前四种今存，第五种有散出，后四种已佚；杂剧是《双莺传》、《战荆轲》，今存。其中《瑞玉记》和《玉符记》都是现实题材，前者写江南巡抚毛一鹭和织造太监李实陷害东林党人周顺昌事，后者也是"直陈崔、魏之事"，可惜今都不存。焦循《剧说》卷三说："袁箨庵作《瑞玉》传奇，描写逆珰魏忠贤私人毛一鹭及织局太监李实，构陷周忠介公事甚悉。甫脱稿，即授优伶唱演。是日诸公毕集，而袁尚未至。伶人请曰：'李实登场，尚少一引子。'于是诸公各拟一调。俄而袁至，告以优人所请，袁笑曰：'几忘之！'即索笔书《卜算子》云：'局势趋东厂，人面翻新样。织造频添一段忙，待织造弥天网。'语不多而句句双关巧妙，诸公叹服，遂各毁其所作。一鹭闻之，持厚币倩人求袁改易，袁乃易一鹭曰春锄。"可见两剧之作，必在崇祯初逆案既定之后。

迟在崇祯朝后期，袁于令就流寓京师，与祁彪佳、龚鼎孳、曹溶等游，见《祁忠敏公日记》、《定山堂诗集》、《静惕堂诗集》等。由此而入清，顾公燮《丹午笔记》"署中有三声"条说："顺治乙酉，苏郡绅士投诚者，浼袁作表赍呈，以京官议叙荆州太守。”苏州沦陷是在顺治二年六月，当时袁于令在京师。孟森《西楼记传奇考》据龚鼎孳《天庆寺送春和舒章箨庵尔唯诸子》、《朱遂初谒告得请和袁凫公韵为赠》诸诗推证，“是时袁在北都，至六月北兵下苏州，袁赍表迎降，似由北而往，当已为北人间谍”；“夏初之间，袁仍在北，是其率表迎降，或系驰草俾苏人遵用，其身并未离北”。

袁于令在顺治二年已出仕新朝，是年冬由工部虞衡司主事，迁营缮司员外郎，龚鼎孳、曹溶诗称其“水部”，这是工部司官的别称。顺治三年提督山东临清砖厂，兼管东昌道。四年授荆州知府，他已五十六岁，十年就被革职了。革职的原因，程穆衡《吴梅村先生编年诗集》卷九《赠荆州守袁大韫玉》笺曰：“按顺治十年三月，湖广抚臣题参袁于令等官十五员侵盗钱粮，时布政使林德馨已内升左副都御史，工科给事张王治，并劾。”另有一说，当附会其性情而来，尤侗《艮斋杂说》卷五说：“箨庵守荆州，一日谒某道，卒然问曰：‘闻贵府有三声，谓围棋声、斗牌声、唱曲声也。’袁徐应曰：‘下官闻公亦有三声。’道诘之，曰：‘算盘声、天平声、板子声。’袁竟以此罢官也。”

袁于令罢官，已六十二岁，侨寓江宁，落魄不得意，周亮工辑《尺牍新钞》卷十一有《与安公》云：“公询老夫近况耶，昨题斋中一联曰：‘佛云不可说，不可说；子曰如之何，如之何。’老夫近况，如是而已。”约顺治十六年回故里，吴伟业《赠荆州守袁大韫玉》题注：“袁为吴郡佳公子，风流才调，词曲擅名，遭乱北都，佐藩西楚，寻以失职空囊，侨寓白下，扁舟归里，惆怅无家，为作此诗赠之。”宋起凤《稗说》卷三说：“国初，箨庵官至太守。归田后，犹借填词日与吴下后进辈相过从。”不久又到江宁，王士禛《居易录》卷四说：“顺治辛丑，客金陵，居秦淮丁翁邀笛步水阁，见钱牧斋宗伯题沈朗倩《石厓秋柳》绝句云：‘刻露巉岩石骨愁，两株风柳曳残秋。分明一段荒寒景，今日锺山古石头。’予援笔和云：‘宫柳烟含六代愁，丝丝畏见冶城秋。无情画里逢摇落，一夜西风满石头。’袁荆州(于令)箨菴见之，戏曰：‘忍俊不禁矣。’”辛丑是顺治十八年。康熙初仍在江宁，《南音三籁序》款署“康熙戊申仲春书于白门园寓，七十七龄老人箨庵袁于令识。”戊申是康熙七年。宋荦《何次德见过漫堂感赋》自注：“曩次德游梁，主侯朝宗家，余同雪园诸子赋诗送之。后遇于金陵，与周栎园、袁箨庵诸公讌集秦淮丁继之水阁，今屈指三十馀年矣。”《漫堂年谱》康熙八年：“五月，观竞渡罢，返金陵寓，邀笛步丁叟继之水阁，与周侍郎、袁箨庵于令诸公盘桓月馀，遂还楚。”康熙十年，他还到过扬州，王士禛《香祖笔记》卷十二说：“昔袁荆州箨庵（于令）自金陵过予广陵，与诸名士泛舟红桥，予首赋三阕，所谓‘绿杨城郭是扬州’者，诸君皆和，袁独制套曲，时年八十矣。曲载《红桥倡和》。”又曾去杭州，《稗说》卷三称其“素嗜武林山水，仍来湖上一访旧游，日则荡轻舸两湖间，领略佳胜，值就湖畔僧寮下榻焉。时箨庵年已八十，神情矍铄，须髯飘飘，犹作世外幽人想”。

康熙十三年，袁于令病卒于会稽，年八十三。董含《三冈识略》卷七“口舌报”条说：“吴中有袁于令者，字箨庵，以音律自负，遨游公卿间。所著《西楼》传奇，优伶盛传之，然词品卑下，殊乏雅驯，与康、王诸公作舆儓，犹未首肯。其为人贪污无耻，年逾七旬，强作少年态，喜纵谈闺阃事，每对客淫词秽语，冲口而发，令人掩耳。予屡谓人曰：‘此君必当受口舌之报。’未几，寓会稽，冒暑干谒，忽染异疾，觉口中奇痒，因自嚼其舌，片片而堕。不食二十馀日，竟不能出一语，舌根俱尽而死。”董含不喜袁于

令，于他的死状也竭尽诬诋，

言归正传，说说《西楼记》。

《西楼记》约作于崇祯初年，崇祯五年七月初五日曾演于京师，祁彪佳《祁忠敏公日记·栖北冗言》于此日记道："赴苗文兄招，即予春仲所寓园也，绿阴满庭，又一番景色矣。与黄水田、彭洗存观《西楼记》，未完，以天意欲雨归。"今存明刊本有《剑啸阁自订西楼梦传奇》、《陈继儒批评西楼记》、读书坊刻《恬云阁西楼记》、汲古阁刻《西楼记定本》等。

《西楼记》的故事大略是，御史于鲁之子于鹃，字叔夜，善词曲，有才名。名妓穆素徽慕其才，特将他所作的《楚江情》一曲写于花笺。叔夜得之，感其知己之情，至西楼访素徽，素徽扶病出，为叔夜歌《楚江情》，并誓托终身。叔夜父知其事，禁其子去西楼，素徽要再见叔夜不得。有相国公子池同，趁机以巨金买素徽为妾，被骗至杭州，但素徽钟情叔夜之志不移。叔夜为之忧郁成病，素徽误得讣闻，悲痛自缢，幸得侍女所救。叔夜病稍愈，误闻素徽凶讯，痛不欲生。侠士怜素徽之恋，救她上京寻找叔夜。后叔夜钦点状元，与素徽成婚。

它的内容，乃是一般的才子佳人故事，且情节也有故作离奇之病，但对于鹃、穆素徽两人钟情若痴，描摹心理甚是细腻。《西楼记》最早署名“白宾氏”，明刊本《剑啸阁自订西楼梦传奇》卷首有陈继儒《题西楼记》说：“袁氏家世多循吏文范，白宾继之公车，言极灵极快，其游戏而为乐府，极幻极怪，极艳极香。近出《西楼记》，凡上衮名流、冶儿游女，以至京都戚里、旗亭邮驿之间，往往抄写传诵，演唱多遍。想望西楼中美少年，何许风流眉目，而不知出于金阊白宾氏。力可以扛九鼎，才情可以荫映数百人。特其深心热血，尚留此心，忠孝男儿耳。夫才而不能侠，则曲士鄙儒；侠而不能才，则悍夫走卒。两者兼之，如云霞之黻黼河漠，雷霆之铿訇乾坤，使一切闻且见者，扬除愁风苦雨之凄凉，解脱埋云罨雾之迷塞。此天上不常有，而人间不可无也。”祁彪佳《远山堂曲品》将它列入“逸品”，并评道：“写情之至，亦极情之变，若出之无意，实亦有意所不能到。传青楼者多矣，自《西楼》一出，而《绣襦》、《霞笺》皆拜下风，令昭以此噪名海内，有以也。”这些评价虽有过誉之辞，但也说出了它的特色。《楚江情》曲子在剧中照应得当，显示出作者的文采和布局手段，均属上乘。李宜之《秣陵春序》评价了当时最流行的几出戏文：“《锦笺》轻圆而味稍薄，《昙花》富赡而机不灵，《西楼》有隽语而失之佻,《燕子笺》有新趣而失之俗,《鸳鸯棒》等则浪子不已,几于娼夫,大非风流儒雅之体矣。”田雯《度曲》有云:“箨庵最后出,南北调娴熟。合拍九宫谱,譬车行有辐。玉貌绣衣儿,引吭苦伸缩。手持铜绰板,卤莽尤秃速。”

相传《西楼记》成稿后,曾请教于冯梦龙。焦循《剧说》卷三说:“相传《西楼记》初成,就正冯犹龙,冯不置可否。袁即席馈百金,为入《错梦》一折。乃《西楼》为冯所改之本名《楚江情》,刻墨憨斋诸剧中,凡改处皆自标于阑上。如胥长公之妾轻鸿,改为伎女鸿宝儿,本识池生,遂归于池;又赵不将闻于叔夜登第,即至父处为之作伐,娶素徽为室,以赎前愆,皆胜箨庵原作。至《错梦》一出,极口赞其‘神化不可思议’,未尝有改易之说,则《错梦》正出袁手,不可诬也。”

袁于令终身以《西楼记》自豪,朋辈投赠,亦皆以此相推。

龚鼎孳《袁凫公水部招饮演所著西楼传奇同秋岳赋》云:“凤管鹍弦奏合围,酒场新约醉无归。可怜蓟北红牙拍,犹唱江南金缕衣。词客幸随明月在,清歌应遏彩云飞。上林早得琴心赏,粉黛知音世总稀。”“寒城客思绕更筹,梦里横塘阻十洲。一部管箫新解语，六朝人物旧多愁。乌栖往事谈何绮，莺啭当筵滑欲流。落魄信陵心自苦，征歌莫讶锦缠头。”

曹溶《西楼曲赠令昭》云：“麴尘乙夜吴茵惹，袁公骄许须眉者。凤指排笙恨两开，粤珠论斛当筵泻。镂成元枕飞琼羽，丛粉堂深吹麝缕。麟带斑囊七尺人，化作红窗幽月语。小兰骂客输笊舌，飘情甲帐杨丝热。十二湘波舞绛钗，吐香沫雪步临阶。钿车遥遥春瓣打，沈腰新细宫中把。花星九野妖姬压，难消入骨歌难掐。齐梁书客天无才，浓弦刮玉吹青苔。”

吴之纪《春日袁荆州令昭过访百花洲口占二绝》云：“契阔经今两白头，建牙吹角古荆州。东山啸咏西楼梦，故国重逢话昔游。”“一曲才成传乐府，十千随到付缠头。当时记得轻分手，王粲高楼鹦鹉洲。”

吴伟业《赠荆州守袁大韫玉》云：“晓日珠帘半上钩，少年走马过红楼。五陵烽火穷途恨，三峡云山远地愁。卢女门前乌桕树，昭君村畔木兰舟。相逢莫唱思归引，故国伤心恐泪流。”“霓裳三叠遍天涯，浪迹巴丘度岁华。赖有狂名堪作客，谁知拙宦已无家。西州士女章台柳，南国江山玉树花。正遇秋风萧索甚，凄凉贺老拨琵琶。”“词客开元擅盛名，萧条白发可怜生。刘郎浦口潮初长，伍相祠边月正明。击筑悲歌燕市恨，弹丝法曲楚江情（袁《西楼》乐府中有《楚江情》一出）。善才已死秋娘老，湿尽青衫调不成。”“湘山木落洞庭波，杜宇声声唤奈何。千骑油幢持虎节，扁舟铁笛换渔蓑。使君滩急风涛阻，神女台荒云雨多。楚相归来惟四壁，故人优孟早高歌。”

能得到吴伟业的高度评价，实在是值得骄傲的事，周在梁等辑《藏弆集》卷七有邓汉仪《与袁箨庵》云：“承示诸笺，得吴梅村太史奉赠四诗，风流婉约，真如张绪当年，又如商女隔江唱六朝新曲，可妒亦可怜也。至读曹秋岳先生‘老泪沾歌板，归装俭秫田’之句，又为黯然。世有一代才人如袁令，而竟乏司业酒钱之赠乎！可为世道叹，并可为游人戒矣。”

也有认为《西楼记》词韵失古意，毛奇龄《西河词话》卷上说：“至好为臆撰如《西楼记》者，公然以中原音韵明注曲下，且引曲至尾，皆限一韵。而附和之徒，反以古曲之出入为谬，而引曲、过曲、前腔、尾声之换韵，反谓非体。何今人之好自用，而不好按古，一至是也。”

入清后，《西楼记》仍传唱不衰，这让袁于令颇为得意，宋荦《筠廊偶笔》卷上记了一件事："袁箨庵（于令）以《西楼》传奇得盛名，与人谈及，辄有喜色。一日出饮归，月下肩舆过一大姓家，其家方燕客，演霸王夜宴。舆夫云：'如此良夜，何不唱绣户传娇语，乃演《千金记》耶？'箨庵狂喜，几堕舆。""绣户传娇语"是《西楼记》中《错梦》一出的唱词，可见得当时《西楼记》在民间的普及。

至乾隆年间，苏州画铺印《岁朝楼阁图》，图上为新年景象，以亭台楼阁分隔画面，人物活动分若干组，乃戏曲折子戏场景，分别有小字标注，如"楼会"、"拆书"、"打西楼"（即"打妓"），都是《西楼记》的折子，可知当时《西楼记》仍盛行不衰，故事为人稔熟。在晚近的昆曲舞台上，常演的《西楼记》折子，有《楼会》、《拆书》、《玩笺》、《错梦》、《侠试》、《赠马》等。

入清以来，许多人热衷议论、考证的是袁于令为什么要写《西楼记》，它的故事原型究竟是怎么回事。

宋起风《稗说》卷三说："吴门袁于令，字令昭，号箨庵，又名晋，为填词老手。生而白皙，美须眉。少年为诸生时，常游平康，与郡中名姬穆素徽盟好甚笃,将委身焉。素徽又与郡人沈同和善,沈知箨庵有纳姬意,乃置别墅不听出,亦欲挟以归。箨庵私遣人与姬约,闻沈有虎丘之游,偕姬往。箨庵匿小舟中,舣半塘以待。时中秋月明,吴人善歌者例集虎丘酬唱,以别高下。沈携仆先出,箨庵乘隙夺姬过舟,即解维遁去。迨沈觉,已莫可踪迹矣。箨庵因出重资聘姬归,沈、袁两姓各为难,后卒听归袁。于是箨庵感其遇,为《西楼》传奇行世。《西楼》所称于叔夜,盖箨庵自托,而素徽竟以其人显。世只知西楼之素徽,而不知箨庵久拥素徽也。"《稗说》作于康熙十二年,并说:"今闻素徽尚在,年亦七十矣。"

袁栋《书隐丛说》卷七说:"世所演《西楼记》传奇,乃吴郡袁箨庵所填词。沈同和雄豪一乡,凡新到妓女,必先为谒见。穆素徽者,颇有才貌,且年甚少,循例谒沈。是时适有文会,袁生亦在焉。席半,袁颇眷穆,穆亦心许之,私语移时。沈为不怿,促之入座,终席而罢。袁生自是怏怏失志,如崔千年之于红绡妓也。有门下客冯某者,喜任侠,有胆力,揣袁之情,闻袁之语,慷慨自负,以必得素徽为报。先是沈生屡呼穆同游,穆颇厌之。是日,沈与穆又同游虎阜,冯单身径造逃舟,负穆而去,仆从不能当也。沈甚不平，为兴讼焉。袁生之父惧，送子系狱。袁生于狱惆怅无聊，为作传奇。袁乃于鹃，切也，西楼至今尚在吴江城外。”

《西楼记》中的人物，于鹃是袁于令自况，池同(三爷)原型是沈同和，赵不将(伯将)原型是赵鸣阳。

沈同和、赵鸣阳是万历四十四年会试科场案的主角。朱国祯《涌幢小品》卷七“断幺绝六”条说：“乙卯年南场中，有鱼见于圊。鱼，水族也；水，至洁也，而污秽至此。又见于场中，此文明失位之象。次年丙辰会试，沈同和以代笔中第一名，代笔者赵鸣阳，中第六名，俱吴江人。事发按问，并罪除名。吴为水国，遂应其占，亦一厄运也。苏州人为之语曰：‘丙辰会录，断幺绝六。’盖名次适应其数云。”因沈同和、赵鸣阳都是吴江人，乾隆《震泽县志·杂录·旧事》亦记之：“万历丙辰会试，赵鸣阳与沈同和同号，同和求观书义，竟窃录之，鸣阳遂别构，及榜发，同和中第一名，鸣阳第六名。时物议沸然，有诏覆试，同和遣戍，鸣阳得末减。苏人为之语曰：‘丙辰会录，断幺绝六。’赵最有才，风檐之下，元魁出一人手，亦奇矣。”

光绪《周庄镇志·流寓》将这个案情介绍得更详

细了，并与《西楼记》联系了起来："明沈同和，字志学，吴江人，美丰姿，善词赋，独不长于制艺。万历乙卯举于乡，乃其亲赵鸣阳之文。丙辰会试仅成一艺，馀亦鸣阳代作，同和中会元，鸣阳第六。京师哗然，事遂上闻，有救者言其能诗，即命殿前赋梅花诗一百首，顷刻而成。上意欲赦之，或曰国家以八股取士，未尝用诗，仍令覆试。以士憎兹多口命题，竟日不能成篇，遂与鸣阳同黜，罪以流，时有'丙辰会录，断幺绝六'之谚。后遇赦归，隐居镇中，复营别业于镇西之张家滨，与浔阳湾陶唐谏善，朝夕往来，相隔一溪，故有诗云：'昨夜灯前曾有约，今朝移艇渡溪来。'妓穆素徽者，四方名士争欲得之，同和匿之张家滨。有不欢于同和者，制为《西楼记》传奇，所称池三公子，即指同和也。西楼遗址嘉庆初年尚存，素徽即葬于此。"

赵鸣阳得释后，曾入晋三载，教授于阳曲县学。李中馥《原李耳载》卷上"为师白冤"条："张青毛凤翥，余长男岳也。入阳曲庠，有名。潘侍御延江南赵公鸣阳至晋为子弟师，青毛亦从受业。将三载，赵公南旋，为仇者所陷，言逆珰魏忠贤票拟俱出鸣阳手，逮至京，下狱。青毛奔命叩阍，言某年至晋课徒，某年方去，安能分身禁地也。赵公得白，出狱，叹曰：'吾将有以报子矣！'偕青毛渡江，南游苏杭诸胜地。将返，尽以所著举业及行文科律授之。庚午荐元，更置第二。赵公子名玉成者，亦中式北上，握手欢甚，言家君见山西试录，拍案大喜，曰吾言验矣！"焦循《剧说》卷三引《秋田闻见录》："鸣阳，江南吴江人，明时孝廉，能文。以救邻铺获罪，戍云南。明亡，遁迹桂岭。孙延龄逆命召之，坚辞不赴。与浑融、性因为方外交。"又《花部农谈》说："至《西楼》之赵不将，只以口笔之嫌构其父，父禁于叔夜不许私妓，在赵固泄私忿，而其言非不说正，以是而遭雷殛，真为枉矣。盖袁于令与赵鸣阳素隙，心恨之，思得雷殛乃快。《西楼》之赵不将，即指鸣阳也。鸣阳人品学问，岂袁所及，故冯犹龙删改《西楼》，毅然删去此折，是也。"

穆素徽的原型，前人一般认为是名妓周文。

钱谦益《列朝诗集小传·闰集》说："周文，字绮生，嘉兴人也。礼貌闲雅，不事铅粉，举止言论，俨如士人。槜李缙绅好文墨者，每召绮生即席分韵，以为风流胜事。绮生微词多所讥评，有押池韵用习家池者，绮生笑曰：'无乃太远乎？'诸公皆拂衣而起。绮生尝有诗曰：'扫眉才子多相忌，未敢人前说校书。'盖自伤也。新安王太古，词场老宿，见绮生诗，击节曰：‘薛洪度、刘采春今再见矣！’李本宁流寓广陵，与陆无从、顾所建结淮南社，太古携绮生诗，诧诸公曰：‘吾能致绮生入淮南，以张吾军。’诸公大喜，相与买舟具装，各赋四绝句，以祖其行。太古比及吴门，松陵一元氏者已负之而趋矣。绮生既属身养卒，敝衣毁容，重自摧废，晨夕炷香，于佛前祈死。不复为诗，时作小词寓意。一元氏以五七言回环读之，迄不能句，绮生乃开颜一笑也。无何，悒郁而死。尝有句云；‘侍儿不解春愁，报道杏花零落。’知者咸伤之。”其中的“松陵一元氏”，即沈同和，嘲其曾得会元而除名

朱彝尊《静志居诗话·教坊》说：“绮生善小诗，沈纯父林启，端午召客，呼之侑酒不至，次日始来，问其故，曰：‘昨偶席上赋诗，未就耳。’纯父曰：‘尔能诗，试即景。’以‘五月六日’为题’，绮生朗吟云：‘酒剩蒲觞冷，门悬艾虎新。’坐客咸击节，由是诗名大起，缙绅若高元期、李君实皆与酬和。绮生尝有句云：‘扫眉才子多相忌，未敢人前说较书。’盖自伤也。钱氏《列朝诗集》谓为‘松陵一元氏负之而趋，悒郁而死’。所云一元氏者，除名会元沈同和志学也。予于乙酉冬，犹及见之，酒间谈论，援今证古，娓娓不休，亦未至以五七言读词，回环迄不能

句，第于帖括，则全不解耳。”顺治二年冬，朱彝尊亲见沈同和其人。

施绍莘《秋水庵花影集》卷二乐府《舟中端午》跋曰：“名姬周绮生，才色两绝，‘酒剩蒲香冷’，其鸳湖口占句也。辛亥午日，偶谱入小词，庶令个中人残唾遗珠，犹博人间几疋绢耳。绮生予未曾识面，间闻之閫生，大约风流高韵人也，应是直得一死。乃《西楼记》成，而于鹃身黜名辱，殊色诚可怜，美才亦可惜，为一妇人，身为逐客，呜呼，悲夫！虽然吾辈惟此一点情血，庶为人间解秽。彼朝规而暮矩，左绳而右墨者，不知情字作何点画。子夏曰：‘焉能为有？焉能为亡？’吾谓此辈当亦云。今于鹃身隐，而《西楼记》传矣，才名不朽，差可无憾。乃知天下之眷才人、养情脉，未始不宽其途耳。”

另有故事，说穆素徽原型是何氏，乾隆《江陵县志·外志·杂记》：“何氏者，国色，工诗词，居平巷。识袁箨庵才，誓以终身，尝倾赀助之，及袁守荆州，何自苏亲访焉，公适外出，未之见也，旋暴卒，瘗之后圃。然公每忆前事，窃怅憾，今所传《西楼记》，或谓为何作也。公故以制曲擅名当世，王渔洋所谓‘红颜顾曲袁荆州’也。后二十年，太守蜀中李公偶游后圃，恍惚见女郎徘徊月下，就视即灭，心诧之。

旦以问其部下，有老吏白其故，乃命启棺而敛焉，改葬于草市之岳山坝，且曰：'袁与何虽中乖，然夙世缘也，当以其封，予之庶以雪两人地下之恨乎！'爰碣曰'何恭人之墓'，而题二绝于后，诗云：'风流太守锦帆才，三十年前宝瑟摧。旅榇荆南归未得，章华春草隔苏台。''象服鸾章总不知，繐帷萧寺动予悲。一丘且瘗夫人骨，麦饭荒原故老思。'今墓与碑俱存。"

又相传穆素徽为化名，沈涛《匏庐诗话》卷中说："今院本作'穆素徽'，盖假'木'之音为'穆'，假'白美'之义为'素徽'耳。"焦循《剧说》卷三说："穆素徽相传姓木，本名白美，有故址在吴门秀野园旁，貌不甚美，特工于韵语。"

也有认为穆素徽实有其人，俞樾《曲园杂纂·小浮梅闲话》说："又及《西楼记》，余曰袁子才《随园诗话》云：'龚端毅公《定山堂集》有《观袁凫公水部演西楼传奇》一首，盖康熙初年事也，所云虞叔夜，即凫公之托名。王子坚先生曾亲见凫公，短身赤鼻，长于词曲，莫素辉亦中人之姿，面微麻，貌不美，而性耽笔墨，故两人交好，为赵某所忌，故假赵伯将以刺之。'又纪文达公《如是我闻》云：'《西楼记》称穆素晖艳若神仙。吴林塘言其祖幼时及见之,短小而丰肌,一寻常女子耳。'以袁、纪两公所言征之,则穆素晖果实有其人也。"

此外,剧中人胥表,原型是张元鉴,焦循《剧说》卷三引《亦巢偶记》:"张元鉴,名国经,嘉定娄塘人。少任侠,好拳勇,皆称娄塘张二。偶为青衿所斥,遂专心时艺,得补弟子员。与少年名士交,仍以侠气著名。《西楼记》中胥长公即其人也。所云谈笑起风波者,指赵鸣阳也。"

至于西楼所在,也莫衷一是。

一说在苏州城内,又另有故居,顾震涛《吴门表隐》卷一说:"鸳鸯楼在四通桥西,戚氏书楼(小说所云戚子卿者),明名姬穆素徽亦居之,故名穆鸳鸯楼。穆名美,居秀野堂侧。西楼在温将军庙西,亦穆素徽建。"秀野堂在闾丘坊巷,顾嗣立建。顾嗣立《观西楼传奇次日容韵二首》之一云:"翠钿拾得在荒园,月动花梢宿夜魂。今日樽前看白美,眉尖一半旧啼痕。"自注:"白美,木姬本名也。故址在秀野园旁。"沈涛《匏庐诗话》卷中说:"楼后为余妇家所得,妇翁太守两轩公生于此楼,今不知更属何姓矣。"四通桥在今因果巷南,河久已填塞,桥无存。温将军庙在通和坊,今并入干将西路。

一说在周庄,镇属长洲县,西偏属吴江县,西楼事已见前引光绪《周庄镇志》。袁栋《书隐丛说》称“在吴江城外”。又，陈去病《五石脂》说：“同和字志学，赦归后，隐迹白蚬江之浔阳湾，筑西楼以居之，颇饶花木之胜。惟以私婿名妓周绮生故，好事者遂为《西楼记》传奇以播之。记中所称池三爷者，即指同和，穆素徽以比绮生云。”

一说在江宁，《虞初续志》卷十二雪樵居士《秦淮闻见录》说：“僧鹰巢定志工诗，著有《竹香楼稿》。丙寅六月，许香岩太史招集西楼，时夏兰敷花，因作《西楼篇》云：‘崔巍石头城，澹荡秦淮水。淮水绕城流，西楼耸云起。不厌野人过，终日清樽酾。纤歌遏白云，华月出高梓。谁操清冷音，猗兰殊不以。’按西楼，即《西楼记》中穆素徽所居之旧址也，香岩太史葺其地而新之。楼俯秦淮，清流照影，十载寓公，游屐颇盛。今许公已归道山，楼台易主，殊深今昔之感。”又说：“按西楼旧址，在秦淮河武定桥下，自许公香岩修葺后，又经易主，若非法菊流传，亦安有过而问者。”

一说在扬州，倪继宗编《续姚江逸诗》卷二谭宗小传说：“一日于维扬酒楼唱《西楼·错梦》，按板谐声，备极婉转。俄有人起自邻座，曰：‘子歌诚善，但中有某字，犹未尽调耳。’宗初犹负气，不相下继。询其人，即谱曲之于叔夜也。遂相与登西楼，访穆素徽，尽兴而别，顾其时穆已红颜化为白发矣。”

穆素徽墓葬所在，已见前引。乾隆四十一年，又有人在桐城郊外发现其墓，沈赤然《五砚斋文钞》卷六《穆素徽墓记》说：“桐城县郭外有土阜，不甚高，以常蔽于榛莽也，故登者绝少。乾隆丙申重九，余友方孝廉春祺偕四五辈乘醉登眺，适一人触物而仆，披荆审视，他无所见，惟一短碣斜出土五六寸，字画不甚可辨，遂更抉深尺许，聚众指爬剔之，宛然‘穆素徽墓’四字也，相与嗟叹，以为奇遇。明日具酒脯醊焉，并为剪除丛莽，正其墓碣而还。转相传述，观者继繘，不浃旬，歌诗已盈帖矣。余向谓穆素徽者，特传奇中之亡是公耳，今则实有其人，设不遇数君，宁知培塿中尚有芳魂艳骨耶，是乌可无记。吾异时必访方君于其乡，当为吾集赋诗诸君子，招致名优，为演袁箨庵《西楼记》数出于墓次，芳魂有知，知必嫣然一笑也。”

有这么多传说，附会故实，正说明《西楼记》问世后的社会影响。

二〇一〇年九月三十日

## “送穷”和“迎富”

世俗之人，皆有厌穷求富之心，送穷、迎富之俗，就是这样来的，都属于民间巫术的作法表现。

虽说扬雄就有《逐贫赋》，但送穷风俗的文献记载，最早见宗懔《荆楚岁时记》，所谓正月“晦日，送穷”。送穷何以放在晦日，谢肇淛《五石组·天部二》说：“窈也，穷也，皆晦尽之义也。诸月不言而独言正月者，举其端也。”唐人姚合《晦日送穷三首》云：“年年到此日，沥酒拜街中。万户千门看，无人不送穷。”“送穷穷不去，相泥欲何为。今日官家宅，淹留又几时。”“古人皆恨别，此别恨消魂。只是空相送，年年不出门。”韩愈的《送穷文》，虽是游戏之作，亦为千古名篇。还有图绘送穷的，董逌《广川画跋》卷三著录《送穷图》：“画者陈惟岳作《送穷图》，当唐僖宗咸平二年七月。惟岳于画书不载，然妙于形似，状简古，至有馀意，尽藏笔墨内，使人以意测者，随求得之无穷尽，信非庸工俚师所能造也。其画穷女，形露涴涹，作跉跰态，束刍人立，曳薪船行，绳引靮靶，帆系桻籆，里以纆絖，荐之䩶䪓，周偏室居，开门送之。”由此可见，送穷在唐代已是很普遍的风俗礼仪了。

关于送穷的由来和仪式，陈元靓《岁时广记·正月晦》记了三条。

一、“号穷子”条：“《文宗备问》：昔颛帝时，宫中生一子，性不着完衣，作前衣与之，即裂破以火烧穿着，宫中号为穷子。其后以正月晦日死，宫人葬之，相谓曰，‘今日送却穷子也。’因此相承送之。又《图经》云：池阳风俗，以正月二十九日为穷九日，扫除屋室尘秽，投之水中，谓之送穷。”

二、“除贫鬼”条：“《唐四时宝鉴》：高阳氏子好衣弊食糜，正月晦日巷死，世作糜弃破衣，是日祝于巷，曰除贫也。韩文公《送穷文》云：元和六年正月乙丑晦，主人使奴星结柳作车，缚草为船，载糗舆粻，牛系轭下，引帆上樯，三揖穷鬼而告之曰：‘闻子行有日矣，鄙人不敢问所途，躬具船与车，备载糗粻，日吉时良，利行四方，子饭一盂，子啜一觞，携朋挈俦，去故就新，驾尘彍风，与电争先，子无底滞之尤，我有资送之恩。’”

三、“送穷鬼”条：“《古今词话》：太学有士人，长于滑稽，正月晦日以芭蕉船送穷，作《临江仙》，极有理致，其词曰：‘莫怪钱神容易致，钱神尽是愚夫。为何此鬼却相于。只由频展义，长是泣穷途。 韩氏有文曾饯汝，临行慎莫踌躇。青灯双点照平湖。蕉船从此逝，相共送陶朱。’予幼时亦闻巴谈《送穷鬼词》曰：‘正月月尽夕，芭蕉船一只。灯盏两只明辉辉，内里更有筵席。奉劝郎君小娘子，饱吃莫形迹。每年只有今日日，愿我做来称意。奉劝郎君小娘子，空去送穷鬼，空去送穷鬼。’”

有的地方送穷，放在正月初五日，如河南开封，金盈之《醉翁谈录》卷三《京城风俗记》：“前一日，探聚粪壤，人未行时，以煎饼七枚覆其上，弃之通衢以送穷。韩文公送穷文尚矣。又石曼卿送穷诗曰：‘世人贪利意非均，交送穷愁与底人。穷鬼无归于我去，我心忧道不忧贫。’”如陕西朝邑（今属大荔），正德《朝邑县志·风俗》：“五日，以故彩纸为妇人，戊夜乃出妇人，送穷。”如陕西临潼，康熙《临潼县志·风俗·岁时》：“初五日，剪纸人送掷门外，谓之送穷。”如陕西咸阳，乾隆《咸阳县志·地理·风俗》：“五日，剪纸人破衣，以残饭置僻处，曰送穷。”如陕西盩厔，乾隆《盩厔县志·风俗》：“五日，作纸妇持帚负杂谷袋，弃周行，曰送穷。”如山西翼城，民国《翼城县志·礼俗》:“正月初五日谓之破五,夙兴取炉灰少许于筐,剪楮人五,送之门外,焚香,放一炮而还,名曰掐五鬼,亦曰送穷气。是日,以刀切面煮而食之,名曰切五鬼。”如直隶万全(今属河北张家口),民国《万全县志·礼俗志·岁时》:“是晚,各家皆用纸扎一妇人,高约四五寸,身背纸袋,将屋隅秽土扫置其袋内,燃炮炸之门外,俗谓之送五穷。儿童并为谚高声歌于街巷,曰:‘五穷媳妇五穷排,家家门上送出来,不管秃子瞎子,送出一个来。’”如四川成都,同治《重修成都县志·舆地二·风俗》:“朔五谓之破五,人家扫渣滓、爆竹灰于途,谓之送五穷,亦有十六送者。”六对山人《锦城竹枝词百首》云:“牛日拾来鹅卵石,富贫都作送穷言。富家未必藏穷鬼,莫把钱神送出门。”自注:“今成都则以正月初五日送穷,送后暗拾鹅卵石归,谓不空回,且得元宝也。”

清初,有以祭穷来代替送穷。孔尚任《五日祭穷》题注:“俗谓破五祭穷鬼于庙。”诗云:“俗传巫师言,破五百不好。但宜啜菜根,闭门自涤扫。渣秽实破箕,昏时荐穷媪。穷媪者穷魁,衣敝容枯槁。司仓仓如悬,司箧箧如倒。以之司厕牏,能与豕争饱。才德各有宜,委之胡不早。延置破箕中,设祭莫草草。零楮与断香,糕饭杂栗枣。三酹残酒浆,命仆跪致祷。不腆主人词,幸勿生懊恼。厕为尔华堂,粪为尔粮稻。主富尔不饥,年年祝寿考。”

也有在除夕送穷的,元张雨《除夕》云:“忽忽岁云暮,徒兴白首嗟。山留待伴雪,春禁隔年花。把卷因遮眼,分饧且胶牙。自缘身懒惰,莫遣送穷车。”康熙《临高县志·疆域·民俗》说:“除夕取竹帚扫尘埃、炉灶灰,祀灶讫,以所扫尘及炉灰掷之郊野,一路祝曰‘穷出富入’,谓之送穷。”周寿昌《思益堂日札》卷六“送穷诗”条更记了一事:“亡友吴檼台孝廉(淮)除夕小诗数首,内《送穷》一绝云:‘感汝缠绵三十年,兹行海澨又山巅。柳船无力桃符恶,珍重高牙大宅边。’予笑谓:‘君诗如此多情,穷鬼不忍舍君而他适也。’檼台大笑。近闻一俗子作云:‘家家都放霸王鞭(俗呼爆竹),送去穷神路八千。此去更无相见日,要来你也没盘缠。’写穷字尽相穷形,大可喷饭,惜檼台未及闻之。”

迎富与送穷是紧相联系的,但迎富的出现,晚于送穷。董逌《广川画跋》卷三著录《送穷图》时又提到《迎富图》:“又为富女作婴娓象,裁榇为衣,镂木为质,戴之舲舰,饰以缨络,主人当户反导却行,引阶升堂,拜献惟谨。乃知事在唐为盛礼,至以图象见之。客谓韩文公作送穷而不知迎富,疑当贞元、长庆间,此有未备者。”迎富的出现,约在晚唐,起初的时日和仪式,都没有明确的记载。

至北宋年间,迎富之俗定于二月二日或三日,没有什么仪式,即到郊外春游就可以了。乐史《太平寰宇记·山南东道八·万州》说:“二月三日,携酒馔鼓乐于郊外,饮宴至暮而回,谓之迎富。”谢肇淛《五石组·天部二》说:“秦俗以二月二日携鼓乐郊外,朝往暮回,谓之迎富。相传人有生子而乞于邻者,邻家大富,因以二月二日取归,遂为此戏。此讹说也。大凡月尽为穷,月新为富,每月皆然,而聊以岁首举行之故,正月晦送穷而二月二日迎富也。”曹学佺《蜀中广记·风俗记第四》说:“《顺庆图经》云:每岁二月二日,郡人随太守出郊,谓之迎富。”有的也稍有仪式,《御定月令辑要·二月令·节序》说:“迎富,原《岁华纪丽》:巢人乞子以得富。注:昔巢氏时,二月二乞得人子,归养之家便大富,后人以此日出野采蓬叶,向门前以祭之,云迎富。《图经》:宕渠之地,每岁二月二日,郡人从太守出郊,谓之迎富。梧州容县有迎富亭,亦以二月二日为节。”迎富以果子为节物,庞元英《文昌杂录》卷三说:“二月二日则有迎富贵果子。”

前人迎富，每记之于诗，这里抄录两首，魏了翁《二月二日遂宁北郊迎富故事》云："才过结柳送贫日，又见簪花迎富时。谁为贫驱竟难逐，素为富逼岂容辞。贫如易去人所欲，富若可求吾亦为。里俗相传今已久，谩随人意看儿嬉。"谢应芳《二月二日漫兴》云："东风吹散社公雨，红白花开烂锦云。时俗喜逢迎富日，老夫羞作送穷文。袷衣试着寒犹怯，拄杖归来酒半醺。为问驿桥杨柳树，送人多少去从军。"

时过境迁，移风易俗，送穷和迎富之俗，已渐渐消亡，知道的人不多了。我在此聊记一笔，以作风俗史的记忆。

二〇二〇年十月八日

## “借元宝”和“借阴债”

各地都有奉祀五通的神庙，北京的五显财神庙，在广安门（即彰义门、广宁门）外六里桥附近，俗称五哥庙。庙中香火旺盛，因有“借元宝”之俗也。所谓“元宝”，就是纸锭，香客从庙里“借”来，冥冥中以为营生资金，一旦生意场上顺畅，发了点财，就要连本带息到庙里“还元宝”，还的还是纸锭。这本是商贾、牙人的俗信，但信它的人很多，尤其是妓院、赌场、烟馆中人。

关于北京“借元宝”的记载很多，引录几段。

俞蛟《春明丛说》卷上《五哥庙记》：“彰仪门外有神祠三楹，俗呼五哥庙，塑五神列坐，皆擐甲持兵，即南方之五通神也。好事者高其闬闳，廓其廊宇，以纸作金银锭，大小数百枚，堆累几上。求富者斋戒沐浴，备牲醴而往，计其所求之数而怀纸锭以归，谓之借。数月后，复洁牲醴，更制纸锭，倍前所借之数，纳诸庙中，谓之还。或还或借，趾错于途，由来久矣。”

震钧《天咫偶闻·郊坰二》:“广宁门外财神庙,报赛最盛。正月二日,九月十七日,倾城往祀,商贾及勾阑尤夥。庙貌巍焕,甲于京师。庙祝更神其说,借神前纸锭怀归,俟得财则十倍酬神,故信从者益多,而庙祝之利甚溥。”

陈莲痕《京华春梦录·雅游》:“天宁寺之南有财神庙,庙址侻陋,而香火綦盛,人心好利,趋者蚁集。每值朔望翊日,长耳公衔接于途,背驮娟娟者,则皆勾栏院盈盈姊妹花也。龟鸨博利心奢,亦多策蹇而往,以元旦越晨,最称盛况。庙内西偏,小室片楹,即财神所在。相传神最灵异,有求必应,神座下粲然累然,皆纸质银锭,苟能背人窃得一枚或数枚者,归必财源大辟,陶朱殷富,不难立致,额手自庆,若真可信。特须于次届完愿,什倍相趟,倘渝此盟,神必不佑。以故北里艳姝,多腼腆施其妙手,间得数枚,归置箱簏,静待灵显,而卒不验,芳心自讼,不疑神之相欺,徒责己之欠诚,一再辗转,终不稍悟,输却纸箔,欲博银锭,天下事岂真有如此便宜者,只见负负徒呼耳。”

汤用彬等《旧都文物略·杂事略》:“新年之二日,则于广宁门外五显庙祈财,争烧头一炷香。倾城男妇，均于半夜候城趋出，借元宝而归。元宝为纸制，每出若干钱，则向庙中易元宝二一对，不曰‘买’而曰‘借’。归则供之龛中，更饰以各色纸制之彩胜，盖取一年之吉兆也。”

扬州也有“借元宝”之俗，那是在官河旁的邗沟大王庙，祀吴王夫差。李斗《扬州画舫录·草河录上》说：“是庙灵异，殿前石炉无顶，以香投之，即成灰烬。炉下一水窍，天雨积水不竭，有沙涨起水中，色如银。康熙间，居人辄借沙淘银，许愿缴还，乃获银，后借众还少，沙渐隐。今则有借元宝之风，以纸为钞，借一还十，主库道士守之，酬神销除。每岁春，香火不绝，谓之财神胜会，连艑而来，爆竹振喧，箫鼓竟夜，及归，各持红灯，上簇‘送子财神’四金字，相沿成习。”

苏州人信奉五通，建庙于上方山巅，有“借阴债”之俗，与“借元宝”性质相同。顾玉振《苏州风俗谈·迷信类·借阴债》说：“小本经纪之商人，有以营业不振而借阴债者。所借之债，定有数量，约以年限，每至朔望，必焚香燃烛，且化钱粮若干以为酬，谓之解饷。如所借之数量多，则所解之饷亦多；所借之数量少，则所解之饷亦少。逢期必解，无敢或怠，解至预定年限满足而止。”俗传八月十七日为五通生日，庙中供桌上堆满锡箔元宝之类，随香客取用，以后每月初一月半都要在家中烧香化纸，第二年八月十七日再来庙中"解钱粮"，也就是还本付息。如果本人死了，子孙还要继续还，故有俗谚"上方山的阴债还勿清"。庙祝、巫觋则以"借阴债"大肆敛取钱财。

二〇二〇年十月十一日

# 蚕猫辟鼠

三四月间，乡村进入蚕时，那是有许多禁忌的。郭麐《樗园销夏录》卷下说："三吴蚕月，风景致佳，红帖黏门，家多禁忌。闺中少妇治其事者，自陌上桑柔，提笼采叶，村中茧煮，分箔缫丝。一月单栖，终宵独守，每岁皆然，相沿成俗。宁分寡女之丝，不作同功之茧也。许志进《蚕词》云：'五夜留灯照独眠，蚕房斋禁太常偏。轩渠借问秦淮海，个出蚕书第几篇。'可云善谑。"袁学澜《吴郡岁华纪丽》卷四"立夏开蚕党"条说："三四月为蚕月，红纸粘门，不相往来，俗多禁忌。治其事者，初收以衣衾覆之，昼夜程其寒暖，名护种。初生以桃叶火炙之，候其蠕动，拂以鹅羽，名摊乌。自初眠至三眠，及上山、分箔、煮茧、缫丝，历一月而后弛诸禁。育蚕者谓之蚕党，或畏护种出大辛苦，于立夏时，买育成三眠蚕于濒湖诸村。谚云：'立夏三朝开蚕党。'谓开买蚕船也。"汪曰桢《湖蚕述·蚕禁》也说："蚕时多禁忌，虽比户不相往来，宋范成大诗云‘采桑时节暂相逢’，盖其风俗由来久矣。官府至为罢征、收禁、勾摄（胡《府志》按，学政试事，提督阅兵，按临湖州，并避蚕事），谓之‘关蚕房门’。收蚕之日，以红纸书‘育蚕’二字，或‘蚕月知礼’四字，贴于门，猝遇客至，即惧为蚕祟，晚必以酒食祷于蚕房之内，谓之‘掇冷饭’，又谓之‘送客人’（《西吴蚕书》）。虽属附会，然旁人知其忌蚕，必须谨避，庶不致归咎也。”

养蚕人家最是忌鼠，宋应星《天工开物·乃服·物害》说：“凡害蚕者，有雀、鼠、蚊三种。雀害不及茧，蚊害不及早蚕，鼠害则与之相终始。防驱之智，是不一法，惟人所行也。”乾隆《湖州府志·蚕桑》称养蚕过程中，“而蛇鼠之耗，蝇蚊之毒，乘间抵隙，每为人力所不及防”，注引谭贞《默作堂集》：“畏鼠盗食，家必畜猫，谓之蚕猫。”那是特地养了猫，作捕鼠之计。沈炳震《蚕桑乐府·赛神》云：“狸奴不眠勤捕鼠，剩有鱼头却赍汝。”张树培《采桑曲》云：“房头防夜有狸奴，眠对灯檠照影孤。”此外，还采取一些其他措施，如汪曰桢《湖蚕述·生蛾》谓放置蚕筐的架子“勿靠墙靠柱，防鼠也”。

蚕户还从厌胜术上来克制鼠害，那就是在蚕室角落或蚕筐内，放上泥猫、纸猫。泥猫纯用泥塑，加以彩绘;纸猫或用泥塑后糊纸作彩绘,或用纸浆模型后作彩绘。彭谿《咏纸糊猫》云:“从来象物惟心造,假假真真貌得无。枵腹止堪容败纸,嘉名久已信狸奴。花阴覆案应须卧,骨鲠当前不任呼。爱尔也能惊腐鼠,夜深伴我读韩苏。”褚人穫《咏无锡纸糊猫》云:“乌圆异种许谁如,粉墨传神意有馀。共信颜名能捕鼠,也知忘食可无鱼。义同乳子交欢日(唐崔祐甫家猫鼠相乳),静似窥人对局初。二李当年应愧尔(唐李义申、南唐李德来俱号李猫),腹中畛域已全除。”朱陵《纸猫》云:“装造狸奴点缀劳,好将形色辨分毫。粘胶贴就金银眼,蘸笔描成黑白毛。健懒莫知因缩爪,雌雄难别为藏尻。无情安望多灵异,须藉旁留却鼠刀(东坡有《却鼠刀铭》)。”故纸猫、泥猫一类,就有镇克鼠害的意义。汪曰桢《湖雅》卷九说:“有泥猫,置蚕筐中,以辟鼠,曰蚕猫。”彭孙贻《舟过马泾谒曹武惠王庙》有“原蚕争卜茧,屠豕竞迎猫”之咏。蚕事过后,它们就成为孩儿的玩物了。晚近苏州虎丘、杭州半山、无锡惠山所出蚕猫,都是当地泥货中的大项。范祖述《杭俗遗风·时序类》“半山观桃”条说:“半山出产泥猫,大小塑像如生,凡至半山者,无不购泥猫而回,亦一时之胜会也。”《东郊土物诗》录翟以权《泥猫》云:

"范土作狸奴，黝垩饰俨肖。桃李清明时，列队半山庙。虚威吓鼠辈，功策蚕室奥。买附烧香舟，抵却裹盐抱。"

此外，养蚕人家还在蚕室门上贴"黄猫衔鼠"、"黄猫逼鼠"等小画，一方面寄俗信，猫鼠天敌，以猫御鼠，类乎是蚕房的门神，另一方面提醒闲人莫进蚕房，以免异味伤蚕。这一题材是年画的常规品种，旧时下乡进村、走街串巷兜卖年画的就这样唱道："养蚕猫勿是煨灶猫，都是五爪猫。老鼠看见真倒糟，养起蚕来三担茧子稳牢牢。""会捉老鼠的猫勿叫，老鼠看见真倒糟，拨俚吃得一团糟。弹眼落睛火狸猫，五爪猫，养起蚕来三担茧子稳牢牢。"

二〇二〇年十月十六日

# 苏州火葬旧俗

孤悬太湖之中的三山岛,乃北宋徽宗朝“花石纲”的采石之地,当地人说,曾发现一大批骨殖甏,那是当时远道而来的采石工人,死在岛上后,就地火化,骨灰装甏,有的由同乡人带回故里,有的就留在岛上了。

当时江南虽有火葬之俗,但并不流行,三山岛的发现,乃是受条件限制的遗体处理办法,也是无可奈何之举。南渡以后,两浙路成为火葬最盛行的地区,《宋史·礼二八·凶礼四》记绍兴二十八年户部侍郎荣嶷言:“闻吴越之俗,葬送费广,必积累而后办。至于贫下之家,送终之具,惟务从简,是以从来率以火化为便,相习成风,势难遽革。”不但穷人相率火葬,富人也如此,周煇《清波杂志》卷十二说:“浙右水乡风俗,人死,虽富有力者,不办蕞尔之土以安厝,亦致焚如。”江南火葬流行的原因,一般认为是佛教世俗化影响,地狭民稠,贫民少地或无地。

南宋平江府的焚尸之所，往往附设漏泽园，一在盘门外，范成大《吴郡志·郭外寺》说："齐升院，在盘门外高丽亭东一里。绍熙元年提举常平张体仁创建，拨没官田，供院为常住。贫民死而家不能津送者，则与之棺，后焚瘗焉。"黄震《黄氏日抄》卷七十《申判府程丞相乞免再起化人亭状》说："照对本司久例，有行香寺曰通济，在城外西南隅可一里。本寺久为焚人空亭约十间以罔利，邪说谬见，久溺人心，合城愚民悉为所诱，亲死肉未寒，即举而付之烈焰，权棒碎拆，以燔以炙，馀骸不化，则又举而投之深渊，哀哉！"一在娄门外，民国《吴县志·坊巷下》注："卢熊志《城图》，娄门外漏泽园有焚人亭，知宋代义冢隶宗教，用天竺火葬法。"顾震涛《吴门表隐》卷四说："雨花台在娄门接待寺后，为宋焚人亭。"又据民国《吴县志》诸卷记载，齐门外有"烧人弄"，近黄埭有"烧人浜"，近独墅湖也有"烧人浜"，那些地名，正是苏州火葬风俗的历史记忆。

对骨灰的处置，大致有三种方式，一是贮之罐盒，再行落葬，有的墓葬甚为讲究，一般为富裕之家，他们采用火葬方式是由于崇佛；二是寄存寺院或漏泽园，一般平民百姓，无力购置坟地，只能采用暂厝的方式；三是弃于野外或水中，都是贫下之家最普遍和流行的做法。寄存于寺院或漏泽园，久而久之，就再行处理，《清波杂志》卷十二说："僧寺利有所得，凿方尺之池，积涔蹄之水，以浸枯骨。男女骸骼，淆杂无辨，旋即填塞不能容，深夜乃取出，畚贮散弃荒野外。人家不悟，逢节序仍裹饭设奠于池边，实为酸楚，而官府初无禁约也。"

火葬的盛行，使传统的儒家丧葬礼制遭到沉重打击，改变了宋代社会的伦理道德观念，严重影响了统治秩序，遭到士大夫的竭力抵制。于是政府采取各种措施，企图加以制止，一是严火葬之禁，二是将违者绳之以法，三就是广设漏泽园、义冢等。但收效甚微，且以漏泽园来说，一般都设置城市中，乡村少有，更何况边远地区，毕仲游《乞理会河东土俗埋葬劄子》就说："寺院既附城郭，即所收葬骨殖，恐止及城郭之内与近乡人户，如僻小州军，穷乡远道之民，未举葬者，势或不能相及。又官围地有限，葬且无馀，兼肯于官围地杂葬者，多是小民之家，中户以上，既安风俗，不自举葬，又耻与小民杂葬官围之中，往往依旧焚毁不葬，风俗未变也。"

直到明初，承宋元遗习，各地仍盛行火葬。洪武三年，朱元璋下令禁止火葬，黄瑜《双槐岁钞》卷一“禁水火葬”条说：“圣祖与学士陶安登南京城楼，闻焚尸之气，恶之，安曰：‘古有淹骼埋胔之令，推恩及于枯骨。近世狃于胡俗，或焚之而投骨于水，孝子慈孙，于心何忍？伤恩败俗，莫此为甚。’上曰：‘此王道之言也。’自是王师所临，见枯骸，必掩埋之而后去。洪武三年，禁止浙江等处水葬火葬。中书省礼部议，以民间死丧必须埋葬，如无地，官司设为义冢，以便安葬，并不得火化，违者坐以重罪。如亡没远方，子孙无力归葬者，听从其便。刑部著之律令。”此后，在统治者的多次严令禁止下，火葬风气逐渐趋弱。但在一些经济发达、土地紧张的地区，火葬习俗并未革禁，谢肇淛《五杂组·人部二》说：“吴越之民多火葬，西北之民多葬平地。”

苏州的情形，最是典型，俞弁《山樵暇语》卷八说：“吴中风俗，信淫祠而薄葬瘗。”“至于父母之丧，惟知义理者则葬之，愚民则付亲尸于烈焰，而拾残骨于煨烬，谓之火葬。甚者投骨水中，谓之水葬。忍以炮烙之刑加于父母乎？是何惨毒，不孝莫此为甚。弘治年间，郡守新蔡曹公（凤）痛革是弊，置义冢于六门之外，皆方百馀亩，此风少息。近年以来，民之狃于故习，犹自若也。吁！用夏变夷，司风教者可不知所以为要哉。”延至晚清，依然如此，据民国《江苏省通志稿·礼俗志》记载，苏州城中坛户专设烧人场，“凡远近贫民死后，无论有主无主之棺，但送坛户火化，积薪焚骸，腥闻远近”。

再看明清吴江县、太仓州的火葬风气。

吴江，嘉靖《吴江县志·典礼三·风俗》：“无力之家，率从火厝。”乾隆《儒林六都志·风俗》：“火化一事，乡农之家与经商之子多有之。其在贫者无论已，其稍可支持者，则高搭化棚，广作佛事，集其亲邻而攒食之。于化之明日，又必大设酒肉以谢亲邻，名曰荤散。夫有大厝之地，即有安葬之地矣；有经忏酒食之费，即有砖灰工匠之费矣。而宁为此勿为彼，不可解也。近见有旧族子亦复为此者，真乃咄咄怪事。”光绪《盛湖志·风俗》：“若乡居无力之家，率从火化。嘉庆间，里人设立善堂，施以巨瓮，经办掩埋，此风遂息。”

太仓，嘉庆《直隶太仓州志·营建下·恤养》：“先是吴俗习焚尸，曰火葬，州人冯锜僦地为焚化院，进士陆伸极陈其非。后四十年乃设义冢，然火葬卒不能禁。”嘉庆《直隶太仓州志·风土上·风俗》：“贫贱之家，无力营葬，往者常举而付之一炬，谓之火葬，燔弃亲骸，殊为惨酷。好义绅士，捐田设立义冢，收葬尸棺，渐更浇习。近更立代葬局，相率捐资，以一人司其出纳，延地师，雇土工，具畚挶，备灰沙，有墓者则资其运载，无地者咸舁以高原，生死均安，风斯古矣。”

虽然火葬之俗，在苏州一带积习难除，但在士大夫看来，这毕竟与儒家丧葬制度背道而驰，那是必须禁革的。张萱《疑耀》卷五“火葬”条说：“姑苏火葬，虽屡经禁戒，恬不为止，盖其俗自古已然矣。元祐中，范纯仁尝帅太原，河东地狭，民惜地不葬其亲，纯仁收无主烬骨，别男女异穴以葬，又檄诸郡仿此，仍自作记数百言，曲折委改，以规变薄俗，而俗始稍变。第姑苏纯仁之乡也，能变太原，而能变其乡，何耶？”顾炎武《日知录》卷十五“火葬”条也说：“自宋以来，此风日盛，国家虽有漏泽园之设，而地窄人多，不能遍葬，相率焚烧，名曰火葬，习以成俗。谓宜每里给空地若干为义冢，以待贫民之葬，除其租税。而更为之严禁，焚其者，以不孝罪之。庶乎礼教可兴，民俗可厚也。呜呼！古人于服器之微犹不敢投于火，故于重也埋之，于杖也断而弃之，况敢焚及于尸柩乎？荼毗之教，始于沙门，被发之风，终于戎翟，辛有之适伊川，其亦预见之矣。为国以礼，后王其念之哉！”袁学澜更有《吴俗讽喻诗·火葬行》咏道：“商纣炮烙惨莫比，犹且加生不及死。元晖大逆刑未施，全忠方得焚其尸。谁知吴俗民居稠，贫家墓地无力谋。竞举亲柩付烈火，竟视父母同深仇。悲风萧萧振林木，新鬼烦冤旧鬼哭。昔年倘或绝子孙，朽骨未必遭回禄。生当奉养惟恐虚，死即燔爇弃其馀。纵博尚输钱十贯，葬亲返惜田半区。吾闻吴县化人亭，风雷震怒摧其柱。又闻仇欲烧尹齐，尸还飞去归乡土。天心人意已如斯，佛说荒唐究何取。岂有昊天罔极恩，报以煌煌红一炬。”

二〇二〇年十月十九日

# 左图右史说童嬉

李涵先生的《童嬉》，乃一册儿童游戏的图文合集，凡所游戏，都是他小时玩过的，这就很有意思了。承蒙厚爱，嘱序于我，我虽然明白“人之患在好为人序”的道理，但我对这个话题，向有兴趣，故不但不逊谢，还想多说几句，尽管说的也“无所发明”。

在古代正统观念里，儿童就像是“小大人”，一点没有童心、童趣，如最普及的蒙学读本《三字经》就说：“香九龄，能温席；孝于亲，所当执。融四岁，能让梨；弟于长，宜先知。”说的是黄香的孝，孔融的悌。又说：“莹八岁，能咏诗；泌七岁，能赋棋。彼颖悟，人称奇，尔幼学，当效之。”祖莹八岁能诵《诗经》，时称“小圣人”；李泌七岁，被唐玄宗以神童召试，他以棋的方、圆、动、静赋诗阐义。这几位哪像儿童，简直就是知书识礼的成年人了。事实的情形是，他们这样的年龄，正是最喜欢游戏的时候，

《大智度论》卷三十一说:“譬如小儿聚土为台殿城郭,闾里宫舍,或名为米,或名为面,爱着守护,日暮将归,其心舍离,踏坏散灭。”又卷九十二说:“譬如人有一子,喜在不净中戏,聚土为谷,以草木为鸟兽,而生爱着,人有夺者,瞋恚啼哭。”但正统观念不允许儿童有烂漫的天真,王符《潜夫论·浮侈》说:“或作泥车瓦狗、马骑倡俳诸戏弄小儿之具,以巧诈。”《后汉书·王符传》进而说:“或作泥车瓦狗诸戏弄之具,以巧诈小儿,此皆无益也。”这“无益”两字,就是对儿童游戏的严正否定。

前些年,想编一本《古代儿童生活诗选》,那是受知堂的启发,他在《古诗里的儿童》中说:“中国文化很古,可是在这一点上稍有逊色,就是《国风》中也未说及儿童,新文学年月不多,还未见此趋向,可以说是难怪的。只是在这中间有过一点儿,《玉台新咏》中左思的《娇女诗》,《宾退录》中路德延的《孩儿诗》,那是难得的佳作,手头无原书,本文不能具举,总之在这几十句诗中活现出一个顽皮乖巧的小儿女,在别国作品中大概也少有其比。假使费点工夫,把这些收集起来,还有些诗词,如‘稚子敲针作钓钩’、‘闲看儿童捉柳花’之类,也一并分时代列入,即使不十分丰富,总可以成一册子吧。古来诗人多喜欢说酒和女人，现在可以看看他们对于儿童的情趣如何，也是儿童生活的史料有意思的一部分，与儿歌童话同样有价值。”惜乎我读书不多，东寻西找，所得远没有想象的多，或许本来记咏儿童生活的诗就不多，关于游戏的则更少了，这就不能不归结到传统文化的局限。

左思《娇女诗》描绘了姊妹两人的活泼娇憨，没有咏及游戏。咏及游戏的，如李商隐《娇儿诗》云：“归来学客面，闟败秉爷笏。或谑张飞胡，或笑邓艾吃。豪鹰毛崱屴，猛马气佶傈。截得青筼筜，骑走恣唐突。忽复学参军，按声唤苍鹘。又复纱灯旁，稽首礼夜佛。仰鞭罥蛛网，俯首饮花蜜。欲争蛱蝶轻，未谢柳絮疾。阶前逢阿姊，六甲颇输失。凝走弄香奁，拔脱金屈戌。抱持多反侧，威怒不可律。”这孩儿是诗人的爱子衮师，说他捧着父亲的手版，摹仿客人匆匆进门，摹仿张飞的莽撞和邓艾的口吃，摹仿豪鹰和猛马的气势，截了竹竿当马来骑，纵横驰突，又摹仿参军戏里参军和苍鹘的表演，摹仿大人在纱灯旁拜佛，又举鞭牵取蛛网，俯首吸吮花蜜，与阿姊玩双陆输了，恼羞成怒，就去翻弄阿姊的梳妆盒，将铰链也拗脱了，阿姊要抱他，他还拚命挣扎，不肯罢休。摹仿是儿童的天性，也是最早的游戏，施肩吾《幼女词》亦云："幼女才六岁，未知巧与拙。向夜在堂前，学人拜新月。"路德延的《孩儿诗》，最是难得，描写儿童游戏情形，细腻入微："排衙朱阁上，喝道画堂前。合调歌杨柳，齐声踏采莲。走堤冲细雨，奔巷趁轻烟。嫩竹乘为马，新蒲掉作鞭。莺雏金镟系，猧子彩丝牵。拥鹤归晴岛，驱鹅入暖泉。杨花争弄雪，榆叶共收钱。锡镜当胸挂，银珠对耳悬。头依苍鹘裹，袖学柘枝揎。酒殢丹砂暖，茶催小玉煎。频邀筹箸插，时乞绣针穿。宝箧拏红豆，妆奁拾翠钿。短袍披案褥，尖帽戴靴毡。展画趋三圣，开屏笑七贤。贮怀青杏小，垂额绿荷圆。惊滴沾罗泪，娇流污锦涎。倦书饶娅姹，憎药巧迁延。弄帐鸾绡映，藏衾凤绮缠。指敲迎使鼓，箸拨赛神弦。帘拂鱼钩动，筝推雁柱偏。棋图添路画，笛管欠声镌。恼客初酣睡，惊僧半入禅。寻蛛穷屋瓦，探雀遍楼椽。抛果忙开口，藏钩乱出拳。夜分围榾柮，朝聚打秋千。折竹装泥燕，添丝放纸鸢。互夸轮水碓，相教放风旋。旗小裁红绢，书幽截碧笺。远铺张鸽网，低控射蝇弦。吉语时时道，谣歌处处传。匿窗肩乍曲，遮路臂相连。斗草当春径，争毬出晚田。柳傍慵独坐，花底困横眠。等鹊潜篱畔，听蛩伏砌边。傍枝招粉蝶，隈树捉鸣蝉。

平岛夸跷上,层崖逞捷缘。嫩苔车迹小,深雪履痕全。竞指云生岫,齐呼月上天。蚁窠寻径斸,蜂穴绕阶填。樵唱回深岭,牛歌下远川。垒柴为屋木,和土作盘筵。险砌高台石,危跳峻塔砖。忽升邻舍树,偷上后池船。”如果对每一句都来作点注释,那对唐代的儿童游戏,就会清楚不少。

明清时期,关于儿童游戏的诗也不太多。徐渭有咏放纸鸢诗二十五首,不啻是儿童游戏诗的杰作,末一首云:“新生犊子鼻如油,有索难穿百自由。才见春郊鸢事歇,又搓弹子打黄头。”儿童的不肯停歇,正是如此情形。这里再举几首,高凤翰《儿童诗效徐文长体》四首云:“闲扑黄蜂绕野篱,尽横小扇觅蛛丝。阶前拾得青青竹,偷向花阴缚马骑。”“半拽长襟作猎衣,丝牵纸鹞扑天飞。春风栏外斜阳里,搅碎桃花学打围。”“窗前小凤影青青,几日春雷始放翎。五尺长梢生折去,绿杨风里扑蜻蜓。”“南风五月藕荷香,踏藕穿荷闹一塘。红裤红衫都湿尽,又藏花帽罩鸳鸯。”又《小娃诗再效前体》四首云:“画廊东畔绿窗西,斗草寻花又捉迷。袖里偷来慈母线,一勾小袜刺猫蹄。”自注:“作袜不半寸许,着猫足为戏,谓之猫蹄儿。”“安排杓柄强枝梧,略着衣裳束一躯。花草堆盘学供养,横拖绿袖拜姑姑。”自注：“以杓柄作刍偶乞灵，谓之请姑姑。”“高高风信放鸢天，阿弟春郊恰放还。偷去长丝缚小板，牵人花底看秋千。”“姊妹南园戏不归，喁喁小语坐花围。平分一段芭蕉叶，剪碎春云学制衣。”又，陈章《田家杂兴》云：“儿童下学恼比邻，抛堉池塘日几巡。折得花枝当旗纛，又来呵殿学官人。”樊增祥的《戏赠小儿女》也咏及种种游戏：“紫兰堂下日迟迟，竹马泥龙得意时。杂齣爱听元院本，短章能背宋宫词。裁纱泥母囊萤火，梯树呼僮取雀儿。面具装成真将相，牙牌砌作小台池。书中自夹干蝴蝶，饭后争尝蜜荔枝。剪彩为花黏户牖，画灰成字满玻璃。偶逢佳果和筐买，每著新衣映镜窥。看取封胡随道韫，等闲同和谢公诗。”

在笔记杂著里，儿童游戏的记载似乎多一点，这里当然只能举隅。如沈榜《宛署杂记·民风一》记了几种，如打鬼：“正月十六日，小儿多群市中为戏。首以一人为鬼，系绳其腰，群儿共牵之，相去丈馀，轮次跃而前，急击一拳以去，名曰打鬼。期出不意，不得为系者所执，一或执之，即谓为被鬼所执，哄然共笑。捉代系者，名曰替鬼。更系更击，更执更代，有久系而不得代者，有得代而又系者，有终日击人而不为所执者，以此占儿轻佻，盖习武之意。”

如跳百索："十六日，儿以一绳长丈许，两儿对牵，飞摆不定，令难凝视，似乎百索，其实一也。群儿乘其动时，轮跳其上，以能过者为胜，否则为索所绊，听掌绳者绳击为罚。"如摸瞎鱼，也称摸虾儿："群儿牵绳为圆城，空其中方丈。城中轮着二儿，各用帕，厚蒙其目，如瞎状。一儿手执木鱼，时敲一声，而旋易其地以误之。一儿候声往摸，以巧遇夺鱼为胜，则拳击执鱼儿，出之城外，而代一之执鱼轮入，一儿摸之。"刘侗等《帝京景物略》卷二"春场"也记了几种，如打枝儿、放空钟、抽陀螺："小儿以木二寸，制如枣核，置地而棒之，一击令起，随一击令远，以近为负，曰打枝枝，古所称击壤者耶。其谣云：'杨柳儿活，抽陀螺；杨柳儿青，放空钟；杨柳儿死，踢毽子；杨柳发芽儿，打枝儿。'空钟者，刳木中空，旁口，荡以沥青，卓地如仰钟，而柄其上之平，别一绳绕其柄，别一竹尺有孔，度其绳而抵格空钟，绳勒右却，竹勒左却，一勒，空钟轰而疾转，大者声钟，小亦蛄蛲飞声，一钟声歇时乃已，制径寸至八九寸，其放之，一人至三人。陀螺者，木制如小空钟，中实而无柄，绕以鞭之绳而无竹尺，卓于地，急掣其鞭，一掣，陀螺则转，无声也，视其缓而鞭之，转转无复住，转之疾，正如卓立地上，顶光旋旋，影不动也。”如掷钱：“小儿以钱泥夹穿而干之，剔钱，泥片片钱状，字幕备具，曰泥钱。画为方城，儿置一泥钱城中，曰卯；儿拈一泥钱远掷之，曰撇。出城则负，中则胜，不中而指权相及，亦胜，指不及而犹城中，则撇者为卯，其胜负也以泥钱。别有挑用苇，绷用指者，与撇略同。有撇用泥丸者，与钱略同，而其画城廓远。”如打髀殖：“儿取羊后胫之膝之轮骨，曰贝石，置一而一掷之，置者不动，掷之不过，置者乃掷，置者若动，掷之而过，胜负以生。其骨轮四面两端，凹曰真，凸曰诡，勾曰骚，轮曰背，立曰顶骨律；其顶，岐亦曰真，平亦曰诡。盖真胜诡负而骚背闲，顶平再胜，顶岐三胜也，其胜负也以贝石。”如踢石球：“小儿及贱闲人，以二石球置前，先一人踢一令远，一人随踢其一，再踢而及之，而中之为胜；一踢即着焉，即过焉，与再踢不及者，同为负也；再踢而过焉，则让先一人随踢之。其法初为跐踵苦寒设，今遂用赌，如博然，有司申禁之，不止也。”如玩风车：“燕旧有风鸢戏（俗曰毫儿），今已禁。风则剖秫秸二寸，错互贴方纸，其两端纸各红绿，中孔，以细竹横安秫竿上，迎风张而疾趋，则转如轮，红绿浑浑如晕，曰风车。”儿童游戏在小说中也有，如《醒世恒言》卷三十四《一文钱小隙造奇案》就写两孩儿玩摊钱，越闹越大，引起一连串事件，竟死了十三条人命。《红楼梦》和《镜花缘》都写到了斗草。

历史上的儿童游戏，实在非常之多。其中有的历经了漫长岁月，至今仍在流行，王充《论衡·自纪》回忆童年："为小儿，与侪伦遨戏，不好狎侮。侪伦好掩雀、捕蝉、戏钱、林熙，充独不肯。""戏钱"是以铜钱作戏，"林熙"是在树林中嬉戏，这四种游戏，今都还有。再如跳绳，《北史·幼主本纪》说："游童戏者，好以两手持绳，拂地而却上，跳且唱曰'高末'。"再如拔河、荡秋千、放纸鸢、放爆竹等等。有的则已消失，如斗凿，《南史·废帝海陵恭王本纪》说："永明世，市里小儿以铁相击于地，谓之斗凿。"如琢钉，周亮工《书影》卷三说："金陵童子有琢钉戏，画地为界，琢钉其中，先以小钉琢地，名曰签，以签之所在为主，出界者负，彼此不中者负，中而触所主签亦负。按孔北海被收时，两郎方为琢钉戏，乃知此戏相传久矣。"如竹马，《后汉书·郭伋传》说："（伋）始至行部，到西河美稷，有童儿数百，各骑竹马，于道次迎拜。"有的则发生了较多变化，如抛堶，杨慎《丹铅馀录》卷九说："宋世寒食有抛堶之戏，儿童飞瓦石之戏，若今之打瓦也。梅都官《禁烟》诗：'窈窕踏歌相把袂，轻浮赌胜各飞堶。'

堉，七禾切。或云起于尧民之击壤。”这在城市中已很少见，但“削水片”应该是它遗留的痕迹。

玩具是儿童的专利，早在原始社会就有了，因为那是游戏的道具。知堂《玩具研究一》说：“此时儿童若无玩具，恒即以日用家具为戏，盖出于自然发见，不能自已，长者所不当诃止。第器皿易毁，刀杖致伤，或笨重不可取持，而其对象又未必适于童心之要求，则亦弗便。玩具之作，乃所以济其穷也。故约言之，游戏者，儿童之事业，玩具者，其器具。”但历史上记录玩具的文字也很少，偶然见到，就很是令人喜欢。如王思任《游慧锡两山记》说：“买泥人，买纸鸡，买兰陵面具，买小刀戟，以贻儿辈。”闵华《田家杂兴》云：“驴背田翁傍晚回，绕身儿女笑轰雷。城中完纳官租了，带得泥婴面具来。”可以想象儿女们看到玩具时的欢天喜地。

南北各地都有玩具市场，这里只介绍苏州虎丘一处，顾禄《桐桥倚棹录·工作》说：“虎丘耍货，虽俱为孩童玩物，然纸泥竹木治之皆成形质，盖手艺之巧，有迁地不能为良者。外省州县多贩鬻于是，又游人之来虎丘者，亦必买之归悦儿曹，谓之土宜，真名称其实矣。头等泥货在山门以内，其法始于宋时袁遇昌，专做泥美人、泥婴孩及人物故事，以十六出为一堂，高只三五寸，彩画鲜妍，备居人供神攒盆之用，即顾竹峤诗所云‘明知不是真脂粉，也费游山荡子钱’是也。他如泥神、泥佛、泥仙、泥鬼、泥花、泥树、泥果、泥禽、泥兽、泥虫、泥鳞、泥介、皮老虎、堆罗汉、荡秋千、游水童，清粗不等。纸货则有蠶弗倒、跟斗童子、拖鼓童、纺纱女、倒沙孩儿、坐车孩儿、牧牛童、摸鱼翁、猫捉老鼠、壁猫、痴官、撮戏法、猢狲撮把戏、凤阳婆、化缘和尚、琵琶罨子、三星、锺馗、葫芦酒仙、再来花甲、聚宝盆、像生百果及颠头马、虎、狮、象、麒麟、豹、鹿、牛、狗之属。出彩则有一本万利、双鱼吉庆、平升三级，皆取吉祥语。竹木之玩则有腰篮、响鱼、花筒、马桶、脚盆，缩至径寸。又有摇䥫鼓、马鞭子、转盘锤、花棒槌、宝塔、木鱼、琵琶、胡琴、洋琴、弦子、笙、笛、皮鼓、诸般兵器，皆具体而微。有以两铜皮制为钹形者，圆如眼镜大，小儿自击为戏，俗呼津津谷，盖有声无词也。”康熙时，苏州彭谿、朱陖、褚人穫赋诗咏玩具十三种，它们是跋弗倒、支硎跳虎、纸鸢、唱喏灯、棉花羊、竹蛙、火漆鱼、纸猫、纸鸡、纸鹅、泥兔、泥鹿、泥牛，在虎丘要货市上应该都有。苏州玩具的制式和做法，也流传到外地去，如李斗《扬州画舫录·蜀冈录》就说：“雕绘土偶，本苏州拔不倒做法，二人为对，三人以下为台，争新斗奇，多春台班新戏，如倒马子、打盏饭、杀皮匠、打花鼓之类。其价之贵，甚于古之鄜畤田所制泥孩儿也。”

在儿童游戏中，玩具起十分重要的作用，它丰富了游戏场景，落实了游戏规则，同时又是游戏的物化记忆。但游戏未必一定需要玩具的，如沈复《浮生六记·闲情记趣》回忆幼年的事：“余忆童稚时，能张目对日，明察秋毫，见藐小微物，必细察其纹理，故时有物外之趣。夏蚊成雷，私拟作群鹤舞空。心之所向，则或千或百，果然鹤也。昂首观之，项为之强。又留蚊子素帐中，徐喷以烟，使其冲烟飞鸣，作青云白鹤观，果如鹤唳云端，怡然称快。于土墙凹凸处、花台小草丛杂处，常蹲其身，使与台齐，定神细视，以丛草为林，以虫蚁为兽，以土砾凸者为丘，凹者为壑，神游其中，怡然自得。一日，见二虫斗草间，观之正浓，忽有庞然大物拔山倒树而来，盖一癞蛤蟆也，舌一吐而二虫尽为所吞。余年幼，方出神，不觉呀然惊恐。神定，捉蛤蟆，鞭数十，驱之别院。”这是丰富的想象，想象是游戏中的必然，没有想象也就没有游戏。

一个时代有一个时代的游戏，有的虽历史悠久，但也总有变化；一个地方有一个地方的游戏，有的虽通行各地，但也总有乡土特点。到了民国年间，有的方志作了当地游戏的记录，虽说并不普遍，但无疑是游戏史的珍贵资料。

如山东莱阳，民国《莱阳县志·礼俗·其他习惯》记“小儿嬉戏”：“画地作界，一儿布掩其目，众儿乘间捶击，获则更代，谓之‘摸互’，亦谓之‘打瞎驴’。或定限立石，以他石击之，中者胜，否则负，谓之‘打瓦’。或前后左右中各立一石，五儿于限定距离以别石击之，谓之‘打丧门神’，中中石为神，中前石负神，馀俱捶击。或一儿立于中央，四儿分站四隅，中央儿突呼，各疾争一隅，不得者负，谓之‘呵呆’。群儿党分，画地为锅，削木寸馀，锐其两端，以板击之，谓之‘打尖’，因竖板于锅，还掷中板则胜，否则负。又削木寸馀，尖其一端，于冰地鞭击，旋转不已，谓之‘打猴’。群儿党分，预定标志，一掩目居守，一觅地潜藏，守者分遣同党出寻藏者，藏者亦伺虚袭其标志，藏者被获则负，守者为据标志亦负，胜者守，负者藏，谓之‘来没’。群儿党分，画地为限，各立一方，彼此挑战，彼党一人乘机越界，此党并力御之，得越则胜，同党相庆，被获则降，谓之‘挑急急令’。群儿排立，一儿口唱俚辞，数群儿足，至辞尽处令蜷其足，依次循环，以首蜷双足者为官，次皆为役，末为货郎，最末为贼，贼即潜藏，货郎告贼于官，官遣役捕贼，捕得罚之，令群儿捶击，谓之‘数蜻蜓判’。群儿择广场，手携作环，一儿为羊，环者护之，一儿为狼，乘间逐羊，狼每冲突出入，环者捶击，谓之‘马虎咬羊’。群儿内向坐为一大环，一儿执鞋周行环外，潜置一儿身后速行，其人或觉，则持鞋疾追，及则击之，于置鞋处坐定乃已，若未觉，环行复至，亦持鞋痛击，坐者急走，绕环一周亦已，谓之‘流鞋底’。四儿党分，二儿同坐，以次累其手足，二儿跃过之胜，但稍侵及手足则负，于是负者乃坐，坐者起跃，跃四手足，则坐者对伏，曰‘牛顶角’，再跃过之，是为全胜，谓之‘跳龙门’。一儿作老家，掩一儿目，群儿作种种状过前，老家告掩目儿，被猜中者则掩其目，谓之‘指星勾月’。一儿作老母鸡，群儿以次牵衣其后，一儿为鹞捕鸡，老鸡御之，被捕者退，谓之‘吊老鹞’。一儿为老家，掩一儿目，群儿聚立，老家任指一处，令往摸之，群儿疾至，反奔原处，掩目者逐之，被获者亦掩其目，谓之‘摸白菜’。”

如四川合川（今属重庆），民国《合川县志·掌录·风俗》列举儿童游戏三种：“斗锣鼓，新年半月，各市鸣锣击鼓，以嬉以游，歌咏太平，昼夜喧闹，彼此角胜，儿童尤多以此为乐。元宵前数夕，火树银花，沿街骈行，观玩龙灯，每以六人为局，有叫鼓者，有击钵者，有椎锣者，其馀小锣拍合，动极自然。或雨骤风驰，故为之急；或岭断云横，故为之缓。居然可人，洋洋入耳。所尤难者，通系十一二岁或七、八、九、十岁，孺子真可教也。成人则纯用大响器，大吹大擂，与鞠部不相上下。又有翩翩浊世，衣服丽都，人物俊俏，苏锣苏钵，丝竹弦管之声闻于遐迩，所谓御乐也。五月，游江观城隍会；立春日看春，从同。放风筝，清明节前，扎美人、蝴蝶、鲢鱼、鹰鹞、八卦等类，缠以篾，糊以纸，绘以彩色，或安三线，或安两线务匀，巧全为结，悬之市肆，栩栩欲飞。儿童购去，续以长线，凌风舒气，万里扶摇，咸属目焉，可舒气，可祛病。猜马幕，儿童有掷钱一枚于桌上，旋转不停，乘势覆以手，钱面曰麻，钱背曰幕，彼此互猜，中者以此儿之手击彼儿之掌，不中者反是，常以为乐。”

如广西来宾，民国《来宾县志·人民三·风俗》说：“其专属于儿童游戏者，有捉迷藏及风筝、陀螺、毽子、地鹃等。俗呼迷藏为蒙蒙垛，其方式虽不一，旨趣则无殊。风筝即纸鸢，本有鱼、鸟、胡蝶、美人诸式，俗呼为放鹞鹰，实又不为鸟形，用八角形为多，彩纸分糊诸角，中绘八卦文与太极图，间亦有削薄篾为弦缚其上，激风泱泱作声。陀螺，斫坚木为圆锥形，斜削其顶如圭首，俗呼陀螺圭；或叠铜钱，削竹管贯钱孔令坚定，管中别有小轴，上端出管外二分许，下端与管等，亦作圆锥形，转时线缠钱上竹管，左手拈轴上之一端，右手掣线，钱随管转，急置案上或地下。毽子，俗呼燕子，取铜钱贯以鸡翎管，缠结之，攒插鸡羽数茎，简者取白头艾或益母草叶一小撮，线缠其茎，婆娑如球状，抛而踢之。地鹘，俗呼机头，又讹机为鸡，截坚木长盈尺，径八九分，谓之鸡母，别截小木，大如指，长三寸许，谓之鸡子，读子音若宰，其数为三或五，掘梭形小坎，谓之盆，有撩，有打拂、打圈，读拂音若斧，圈音若屠耶切。又一种名曰搰计，读搰若蛙，计若鸡，彼此取小瓷片，或圆，或方，或三角，共验视已，分就屏处秘埋之，又虚埋数所，乃互觅所埋，用意与捉迷藏同。”

如河北沧县，民国《沧县志·事实·礼俗》说：“乡里儿童，冬季闲暇，群聚而为种种之杂戏，如打顺、跑城、猜破车、打瞎盲、猴把竿、捉迷藏、狮子滚绣球、老牛驼干菜、溜冰、泅泳（此戏夏日为之）、撞钟、投屦及画地为格之种种村棋，名目繁多，不胜缕记。其最有技艺兴味,且可锻炼身、目、手、足之灵活者,惟打瓦一戏。"还特别介绍了女孩的"拾子"一戏:"乡村小女子,检瓷瓦碎砺,稍磨治为圆形,大如枇杷之核,其数用五,列置床第,指捻掷空,或承以掌心,或承以掌背,或夹以指缝,五子腾起错落,在空者,在手者,在床者,变幻迷离,百端其势,啐喉细呕,以唱其手法,声之缓急,随手之势,偶有错落,则停指以让他人。斯非十三龄以下之女子不能为,盖其指柔而疾也。"

比起文字记载来,绘画中描绘的儿童游戏就显得较多了。婴戏是传统中国画的一个专门,较早著录的,就有南朝刘宋顾景秀的《刘牢之小儿图》、《小儿戏鹅图》,萧梁江僧宝的《小儿戏鸭图》等。唐人张萱也画婴戏,张彦远《历代名画记》卷九说:"萱好画妇女、婴儿。"《乳母将婴儿图》是他的代表作。至北宋时,婴戏图已见成熟,如刘宗道、杜孩儿都是此中高手,邓椿《画继》卷六说:"刘宗道,京师人,作照盆孩儿,以水指影,影亦相指,形影自分。每作一扇,必画数百本,然后出货,即日流布,实恐他人传模之先也。"可见他的婴戏图,摹仿者很多,说明这一题材有广阔的市场。杜孩儿的绰号,正由他的擅长而来,"在政和间,其笔盛行而不遭遇,流落辇下，画院众工，必转求之，以应宫禁之须”。可见婴戏图在宫中也很流行。南宋苏汉臣更是一位代表性画家，今存者有《百子嬉春图》、《蕉阴击球图》、《百子欢歌图》、《长春百子图》、《重午戏婴图》、《秋庭戏婴图》、《冬日婴戏图》、《灌佛戏婴图》、《七夕繁荣祭图》、《唐子游图》，以及不止一种的《婴戏图》、《货郎图》，后者画上必有孩儿，必有玩具。顾炳《历代名公画谱》第二册说：“其写释道人物、婴儿，着色鲜润，体度如生，熟玩之，不啻相与言笑者，可谓神矣。”又汪砢玉《珊瑚网》卷四十三著录其《货郎担》：“其闺人两两装束，即宋词‘平头鞋子双鸾小’，又二婴斗促织，三孺子放风筝。”李嵩也画过《货郎图》、《市担婴戏图》，还有奇诡的《骷髅幻戏图》，吴其贞《书画记》卷一著录：“李嵩骷髅图，纸画一小幅，画于澄心堂纸上，气色尚新。画一墩子，上题三字曰‘五里墩’，墩下坐一骷髅，手提一小骷髅，旁有妇乳婴儿于怀，又一婴儿指着手中小骷髅，不知是何意义。”自有明至晚清，如吕文英、仇英、陈洪绶、金廷标、姚文翰、焦秉贞、侯权、吴友如、钱慧安、沙山春等都有婴戏佳作传世。

百子图是婴戏题材的一种形式，画众多孩儿游乐嬉戏，或会聚同一画面，或分册页、条屏，内容则为同一系列，场面热闹，气氛热烈。辛弃疾《鹧鸪天·祝良显家牡丹一本》词曰：“恰如翠幙高堂上，来看红衫百子图。”可见北宋时已有百子图了。苏汉臣画过《百子嬉春图》等，徐世荣也画过《文王百子图》。入清以后，这个形式得到很大发展，如焦秉贞的《百子团圆图册》十六开，工笔绢本，以儿童四季节令游戏为题材，勾画出一个个有声有色的儿童嬉戏场景；再如侯权的《太平景象》十二屏，工笔纸本，描绘了新年里孩儿们的种种娱乐。各地年画中，百子图很多，成为一种程式。以苏州为例，如康熙间所刊一幅，上题“千载流芳”四字，由百子图和二十四孝图组成。百子图为上段，作圆形，画孩儿嬉乐场景；二十四孝图为下段，仅取“亲尝汤药”、“闻雷泣墓”、“杨香打虎”、“戏彩斑衣”、“孟宗哭竹”、“董永卖身”六个故事，作连环图画形式；中间则是和合二仙，以葡萄藤蔓枝叶为背景，戏弄蟾蜍、螃蟹。如乾隆八年所刊一幅，上题“百子图”三字，并有诗云：“麟趾祯祥瑞气和，乃生男子祝三多。衍庆螽斯寻弄璋，世称百子颂欢呼。”画面描写元宵景象，分上下两组。下部一组以敞厅庭院为背景，男女孩儿正在“闹元宵”，或擎荷花灯、鲤鱼灯，拉兔子灯；或张伞盖，骑竹马，执“三军司命”旗，绕厅堂结队游衍；或击鼓，吹唢呐，敲汤锣，碰铜钹，至有攀登于树上者。上部一组是厅堂对直假山方亭，一群孩儿在山上嬉戏，厅中众孩儿正在观看。又如光绪间所刊一幅，图上正中有“百子图”三字，画面为群童喜庆佳节场景，或舞龙灯，或采荷花，或下棋，或看西洋景，或放风筝，或斗蟋蟀，或扮状元游街，千姿百态，各尽故事。画面色彩明快，层次分明，满足了人们祈求家族兴旺、子孙满堂的精神需求。

婴戏题材，不仅见于绘画、版画，还见于瓷器、漆器、玉器、刺绣、缂丝、银饰、墨模、砖雕、木雕等等载体。纵观不同时代的婴戏题材，所表现的游戏，主要有斗鸡、斗鸟、放鸭、逗猫、扑蝶、垂钓、牵蛤蟆、斗蟋蟀、粘知了、采莲、打枣、推枣磨、擎彩旗、打鼓、敲锣、击钹、击球、蹴鞠、捉迷藏、抽陀螺、荡秋千、放爆竹、堆雪人、放纸鸢、顶竹竿、骑竹马、踢毽子、打十番、斗架、翻筋斗、翻杠、游泳、六博、对弈、飞镖、射的、闹学、滚铜板、老鹰捉小鸡等，模仿性游戏则有拜佛、傩戏、出会、迎亲、状元游街、迎岁朝、迎财神、闹元宵、舞龙灯、跳加官、扮锺馗、演傀儡等。虽然种类已有不少，但对照历史上有过的儿童游戏，就渺乎其少也，当然更谈不上它的时代性和地方性。

反映儿童的游戏生活，仅依据文字记载，没有具体的形象，很难去作深度的想象；仅依据图像记录，只有瞬间的造型，没有过程，没有细节，也就不能体会到游戏的乐趣。那就需要图文结合，作比较完整的反映。如果一个画家回忆童年生活，来画游戏，通常由别人另写文字，至多是共同感受，没有独特体验，甚至还会隔靴搔痒。在我想来，画家画了，自己来写文字，那是最好不过的，当年游戏的花样、琐碎、趣味、快乐，既用画笔描绘，又用文字追述，互相渗透和补充，“左图右史”这个成语也更有了新解。

如此说来，李涵的《童嬉》就正合我意。李涵一九五四年生人，就住在苏州城里旧学前，他的童年是在上世纪五十年代后期至六十年代前期，没过几年，那色彩斑斓的童年梦就渐行渐远，存于心底的多少往事，总归是“不堪回首月明中”了。几十年过去，李涵已是一位颇有成就的风俗画家，依然精神饱满，依然勤奋刻苦，出画册，办画展，也无非满足他早年的心愿。但毕竟也到含饴弄孙的年纪了，卢肇《嘲小儿》云：“贪生只爱眼前珍，不觉风光度岁频。昨日见来骑竹马，今朝早是有年人。”岁月如流，也让他不时回忆往事，正如陆游《秋夜读书每以二鼓尽为节》所云："白发无情侵老境，青灯有味似儿时。"清寒的读书生活，固然在回忆中，但更多是快乐的事，比如童年玩过的各种游戏，那是不能忘怀的快乐和满足。这本《童嬉》就绘写了一百零八种游戏，不但真实记录了当时儿童游戏的场景和旨趣，而且反映了这些游戏的时代背景和地方特点，它同样也是城市史、社会史、生活史的珍贵史料。

李涵是擅长画人物的，尤其是儿童，虽说画的是当代儿童，他也从传统中汲取了营养。如首先要确定儿童的年龄段，如《宣和画谱》卷五说："盖婴儿形貌态度自是一家，要于大小岁数间，定其面目髫稚。"他笔下的儿童群像，年龄上是有差距的，既抓住了儿童的形貌，又传递出态度来。《清河书画舫》卷四下引赵孟頫语曰："画人物以得其性情为妙。"儿童的性情就是天真活泼，玩起来无休无止，如陈献章《漫兴》云："晨光沼上鱼戏，夕阳村边鸟来。东邻小儿识我，一日上树千回。"在技法上，更要表现出儿童的稚气和生机，如沈宗骞《芥舟学画编·传神·傅色》说："婴孩之际，肌嫩理细，色泽晶莹，当略现粉光，少施墨晕，要如花朵初放之色。"他的笔墨更结合了观察和体验，那是有创新意义的。他画的游戏，具有鲜明的时代特征，如拍台球、跳山羊、扠铁箍、跳橡皮筋、打弹子、看露天电影、看小人书、飞洋画、学骑脚踏车等，更重要的是反映了男女儿童共同游戏的客观现象，跳橡皮筋更是专属女孩玩的，而传统婴戏绘画中是没有女孩的。

我想，这本《童嬉》问世后，会受到广泛欢迎。与李涵年龄仿佛的读者，会想起五六十年前的往事，那曾经的快乐时光，仿佛还能听到那清脆的笑声，在晴朗的天空飘荡。年轻的读者，则更了解了上一代人的生活，他们也有过童年，有过无忧无虑的嬉游玩耍，只是那时的社会生活，与现在有很大不同罢了。缅怀过去，为的是更珍惜当下。

二〇二一年三月三日

（本文为《童嬉》序，上海人民美术出版社二〇二一年五月初版）

# 甫里园墅谈往

甫里，即今甪直，坐落苏州古城东南，乃典型的水乡古镇。郑文康《思诚斋记》说："苏城葑门东去一舍许，有沃壤焉，曰甫里。茂林阴翳，平畴环绕，清江浸其后，室庐数百家，烟火相接。虽古聚落，米粟布帛、鱼虾蔬果之饶，过于山川野县，矧无官府轮蹄之轇轕，心目爽豁，民不作伪。自唐天随子肥遁其地，甫里之名遂闻于天下，不求闻达者，亦多隐其间。"故甫里园墅在苏州四郊乡镇中是最有代表性的，造园历史既久，数量又多，成就也大。然而由于历经沧桑变迁，就是清代所造之园，亦已荡然无存了。因此只能从故纸堆里，遥想它们的山石水池、花光树影、亭台楼阁，还有其间的人和事。

早在春秋后期，吴王就在那里建造离宫，史称吴宫。乾隆《吴郡甫里志·古迹》说："阖闾浦，即阖闾离宫也，在甫里西南，一名合塘，为苏松水路之要津。"晚唐陆龟蒙《问吴宫辞》小序说："甫里之乡曰吴宫，在长洲苑东南五十里，非夫差所幸之别馆耶？披图籍不见其说，询故老不得其地，其名存，其迹灭，怅然兴怀古之思。"吴宫里有梧桐园，任昉《述异记》卷下说："梧桐园在吴宫，本吴王夫差旧园也，一名鸣琴川。"其址约在甫里塘北的枫庄。"螳螂捕蝉，黄雀在后"的故事就发生在梧桐园里。另外，古诗"梧宫秋，吴王愁"，更是情景交融的名篇，高启依其意，作《梧桐园》云："桐花香，桐叶冷。生宫园，覆宫井。雨滴夜，风惊秋。凤不来，君王愁。"梧桐园在文献里是一个独立的古迹。

陆龟蒙在甫里置有庄田，故建别业于此，相传其址在白莲寺西。《幽居赋》小序说："陆子居全吴东，距长洲故苑一里，阖关不通人事，且欲吟咏情性。"赋云："窃慕王晞，眷恋于芳辰美景；深符谢朓，留连于明月清风。得不分碕岸而饰荒台，辍金钱而贸佳树。莼丝兮欲萦千里，草带兮初围十步。颓垣抱碧，无非海发山衣；暗座飘香，尽是松肪桂蠹。加以篱边种竹，后堂生萱，覆井之新桐乍引，临窗之旧竹犹存。花妨过帽，柳碍移门。梦去而云遮绝洞，樵归而水绕孤村。"别业里还珍藏一些画卷书籍，赋云："梁世祖府充名画，或得奇踪；任敬子家聚群书，率多异本。何尝仿佛，莫究分毫。徒羡玉杯珠柱之号美，象格犀簪之态高。宁容朴野，不称蓬蒿。怅残编之末构，奚雅具之为劳。”屋的四周，遍植枸杞和菊花，《杞菊赋》小序说：“天随子宅荒，少墙屋，多隙地。著图书所，前后皆树以杞菊。春苗恣肥，日得而采撷之，以供左右杯案。”枸杞和菊花的嫩芽、嫩叶可食，为古人所尚。菊或说为菊花菜，即茼蒿。方孝孺《味菜轩记》说：“若杜子美于韭薤，陆龟蒙之于杞菊，苏子瞻之于芦菔、蔓菁，莫不遂称之，见于咏歌，而黄鲁直谓士大夫不可不知此味，尤为笃论。”

陆龟蒙殁后，即葬于此。北宋熙宁间建祠，南宋嘉定十七年又别建于东，元至正间县尹马玉麟重建，高启《过甫里祠》云：“衣冠寂寞半尘丝，想见江湖独卧时。遁迹虚怀明主诏，感怀犹赋散人诗。钓鱼船去云迷浦，斗鸭阑空草满池。芳藻一杯谁为奠，鼓声只到水神祠。”明正德、万历、崇祯间第次葺修，据方鹏《重建甫里先生祠记》记载，正德十二年重建时，“改筑于寺右隙地，堂宇既邃，门垣亦整，买田若干亩，以供祀事，委僧德瑜守焉”。嘉靖时几被毁于倭寇，万历二十三年管志道《重建甫里先生祠书劝同志》说：“历宋迄元，遗风未泯，而庙貌夷为僧舍，吊古者伤之。正德中，有马处士复其祠,方大夫矫亭为之记,废额始复,然独举清风一亭耳。迄今八十馀年,碑虽存而祠废矣。”至万历三十六年,大雨累月,祠又遭殃,张大复《重建甫里先生祠引》说:“今复颓圮于戊申之水,轩窗榱栋,蹊径池桥,不绝如线矣。”随即重修。清康熙二十三年重修时,祠中八景得以恢复,这八景是清风亭、光明阁、杞菊畦、双竹堤、桂子轩、斗鸭池、白莲池、垂虹桥。相传光明阁中有一方镜石,光绪《甫里志稿·古迹》说:“镜石,光明阁中故物,沃以水,毫发皆映,如镜然。向存僧舍溪云堂前,万历间堂圮,移至梅花墅湛华阁壁内,后置海藏庵击竹轩中。同治初仍移置清风亭壁,今于光绪初年沈国琛重建光明阁,函之壁。”

王韬《漫游随录·鸭池观荷》记载了道光时陆龟蒙祠的景象:“以先生在时喜斗鸭,有斗鸭栏,乃凿地为池沼,方塘如鉴,一水潆洄。中央筑一亭,曰清风亭,东西通以小桥,四周环植榆柳桃李。盛夏新绿怒生,碧荫覆檐际,窗棂四敞,凉飙飒然,袭人襟裾。中供天随子像,把卷危坐,须眉如生。”“去亭数十武,先生之墓在焉,或云后人葬其衣冠处,将以留古迹而寄遐思者。亭中楹联颇多,余师青萝山人一联云:‘白酒黄花,九日独高元亮枕;烟蓑雨笠,十年长泛志和船。’特举二君以比拟先生，当矣。”至一九三二年，赵君豪来游，《甪直罗汉观光记》说：“保圣寺左近，古木清溪，风景入画。其右又有陆龟蒙祠，亦名斗鸭池。架以小桥，池水已涸，祠中供陆龟蒙先生塑像，旁悬楹联。”

晚唐甫里，相传还有罗隐的小筑，乾隆《吴郡甫里志·庙寺院庵》说：“罗隐庵，在甫里北隅，隐尝慕陆鲁望，因结庵于里，与之游，相唱和焉。”这是颇有疑问的，两人交往，仅存罗隐《寄陆龟蒙》五言一首，且题注“李相公在淮南征陆龟蒙诗”，故有此作；罗隐诗文和有关纪传都没有提及曾居甫里的事；又据沈崧《罗给事墓志》记载，罗隐光启三年东归，入吴越王钱镠帐下，陆龟蒙已卒十年了。但人们相信罗隐曾居甫里是真事，还在传说他住过的地方立祠纪念。至南宋绍定末，魏了翁以浙东安抚使就医平江，尝至甫里，即罗隐庵旧址筑别业，并置庄田数顷，即如今的魏家厍。因学者称魏了翁为鹤山先生，故别业改梵刹后，即称鹤山庵。康熙初重建大殿，并有罗魏两先生祠，祠中供奉两人遗像，春秋奉祀，香火不绝。前人都将两位并提，也作为自陆龟蒙之后甫里的骄傲，金露《罗隐庵》云：“昭谏当年小结茅，面南甫里酒旗摇。鹤山自宋初经变，僧舍由今转寂寥。送社鼓来寻禹庙，打渔人渡唤虹桥。赠题鲁望曾遗句，海月江云载一舠。”蒋铉《魏文靖旧宅唐罗昭谏先曾结庵于此游而赋之》云：“野祠斜阳古渡头，千年唐宋水犹流。蒲砧响落三更月，牧篴寒生万树秋。老我乱离来避地，昔人哀怨此登楼。于今不必凭高望，荒草吴宫更起愁。”

南宋时甫里园墅，除鹤山别业外，还有马先觉、姚申之、叶茵诸园。马先觉字少伊，昆山人，绍兴三年进士，官浙西常平干官，以承议郎主台州崇道观，号得闲居士。其《索笑图并序》说：“余有小墅在甫里之东，将营草堂，种梅以娱老，命陈良士图其意为作陋质，幅巾藜杖，巡檐玩香，殊有逸趣，因号索笑图，且赋诗以志之。”“索笑”者，喻梅花也，园多梅树，具暗香疏影之致。姚申之字崧卿，昆山人，隆兴元年进士，与范成大是忘形交。时和战之议相争于朝，壮志难抒，遂高隐不仕，在甫里筑水云千顷亭为别业，所著有《水云千顷集》。自作《水云千顷亭绝句》云：“云影翻随宿雁回，斜晖独对晚潮来。小桥低处通船过，一队鹅儿两道开。”可见亭阁高敞，可见田野风光。叶茵字景文，甫里人，与徐玑、林洪相唱和，江湖诗人也，萧闲自放，所居草堂三楹，题名顺适堂，其《次赋顺适堂韵》云：“万卷藏书抵万金，翛然轩宇绝尘侵。顺时不作荣枯想，适意元无胜负心。蒲石疏帘真道院，柏香静几小丛林。四时剩有闲风月，醒里寻题醉里吟。”他曾于宝祐五年刻陆龟蒙《甫里先生文集》，所著《顺适堂吟稿》，刊本甚多，流传至今。

元代甫里园墅也多，举其六处。一是袁易的静春堂，易字通甫，长洲人，不乐仕进，荐署徽州路石洞书院山长，隐于甫里蛟龙浦，构静春堂，藏书万卷，时或棹舟载笔，游于江湖，赵孟頫为绘《卧雪图》，称其与龚\u0027礵、郭麟为“吴中三君子”，所著有《静春堂诗集》、《静春堂词》等。静春堂园中有兰花，袁易有《满庭芳》咏之，小序说：“余家园有兰花，花开时未著叶，粲然可爱，勉夫同赏，讯余此花于谱中何所属，余以为木兰之别种也。”二是徐处士的清宁庵，处士不知其名，自号清宁居士，筑庵于张林西山，庵中有无碍斋、怡闲亭、蒙泉亭等，赵孟頫为之书额。三是陆德原的笠泽渔隐，德原字静远，龟蒙九世孙，长洲人，赀甲吴中，至元初举茂异，署甫里书院山长，寻调徽州路儒学教授，别业在吴淞江滨，中有杞菊轩，故人称杞菊先生。四是马麐的醉馀草堂，麐字公振，昆山人，避兵筑园于吴淞江阳锺巷里，具亭池竹木之胜，与佳客往来，觞咏不断。

五是刘元晖的快雪斋,庭前有老桂一株,花时香溢四远。倪瓒《岁己酉八月十四日寓甫里之野人居刘君元晖邀余酌酒快雪斋中对月理咏因赋长句》云:“凉月纷纷疑积雪,凝晖散彩白于银。此时独酌开轩坐,便欲剡溪寻隐沦。尔营茅斋名快雪,我醉行吟踏秋月。河汉无声风露寒,心境泠然一高洁。”六是蔡子坚的雪篷,也在吴淞江畔,王原吉有诗云:“岁晚天空玉一蓑,满船书画压银河,鲛人室露双冰鲤,神女峰沉几翠螺。梦里客星称帝座,樽前小海度渔歌。烟波浩荡真堪乐,日咏东家绿树多。”由此看来,雪篷形制如舟楫,临水而筑,仿佛真在烟波里。

明代甫里,造园之风最为兴盛,著名者先后有虞堪的南轩、马勛的东园、马绹的松石园、陈淳的五湖田舍、王世臣的锦潭庄、许自昌的梅花墅。

虞堪字克用,一字胜伯,号青城山樵,长洲人,元末隐居不仕,以咏诗绘画自娱,洪武十年入滇为云南府学教授,卒于任上。所著有《希澹园诗集》、《虞山人诗》、《鼓枻稿》,并为其祖父虞集辑存《道园遗稿》六卷。南轩为其早年所居,具芳池竹木之胜。徐贲《题虞山人家南轩》云:“荣名众所慕,隐趣良寡知。君子苟明此,意美神自怡。伊人习嘉遁，远与尘世离。崇轩结新构，深静抱林池。高荷既丰缛，密竹更逶迤，灵禽夕下渚，凉飔晨泛漪。肴觞置前席，谈燕无休时，杜喧信成美，为乐讵非宜，来惟动情款，寄爽恒在斯。”

马勛的东园，在眠牛泾北，筑于永乐年间，张大猷题匾。园中有一玲珑湖石，名为翠云朵，经文人咏唱，名声大著，赵文《翠云朵歌》云：“崆峒氤氲山气积，天寒岁暮凝为石。巧斫浑疑鬼工擘，何年移植高轩侧。矞如奇云含古色，炯若芙蓉堕空碧。广不逾丈高寻尺，烟雾隔窗生几席。山人爱山人未识，丘壑年来饱胸臆。自言太山高有极，何如小朵盘而特。雨后翠光寒欲滴，尚有幽泉泻苍壁。户庭不出成山泽，我亦平生有山癖。恨不移家山水国，明日还携素心客，借榻看山坐忘食。”可惜的是，这翠云朵在清康熙三十六年被尼僧毁碎后填砌池岸。胡国观《吴淞江绝句》云：“梅花别墅已榛芜，竺典空传皓月孤。更问眠牛泾上客，东园还有翠云无。”

马絅的松石园，在通明道院南，筑于嘉靖初年，园中有青莲阁、坐月亭、古松、湖石、菊畦、竹径、鹅池、鹤渚、鱼梁、鹿柴诸胜，赵骥白有《松石园十咏》，梁辰鱼有《甫里马冀才园林十咏》，将园中景物一一描绘。其中以青莲阁为最胜，登临可作远眺，张夏《青莲阁远眺》云："两腋清风意欲翔，凭高不但为乘凉。拟通远思穷千古，聊纵青眸尽四荒。阜树相传先代寝，田禾非复旧民庄。回头簇柳藏蝉处，几片渔罾挂夕阳。"又，闵暹《青莲阁远眺》云："纳凉无地且登高，四面风生一挂袍。寥落野烟多废冢，荡摇斜日半归舠。蝉鸣疏柳声相续，农唱平畴力自劳。徙倚不胜今昔感，空馀舒啸满林皋。"青莲阁至清乾隆时尚存，且犹是旧额。

陈淳的五湖田舍，一说在木渎白阳山下，故陈淳号白阳，但据陈仁锡《居第考记》则在陈湖之滨："自葑溪泛大荡，过渎墅、镬底潭，历高店又十里，迳入大姚，其陂为塘，夏日荷花烂熳，一棹径穿。峭然峙者为东明寺，一曰大觉寺。折而西北下，波涛万顷，曰陈湖。""东湖建傍湖楼，吴文定公诗云：'应向此中涵画障，只容其下集渔舟。'堂名偕老，李贞伯书余：'尝三宿傍湖楼，夜半闻涛，如在玉山中，晓来推窗，绿竹霏霏，烟雾自湖上起。'韦斋公诗云：'临溪袅袅千竿竹，绕屋鳞鳞二顷田。且有小舠随钓去，不妨肥犊系门前。'公仲子白阳隐此，海内问奇之客，樯楫相望，乃建阅帆堂，自题'五湖田舍'，有茂林修竹、花源柳隩、鹤圃鸭栏、酒帘渔艇诸胜，其轩为碧云，白阳笔记云：'燕坐碧云轩甚适，日日得如此，正东坡所谓一日是两日也。'"

锦潭庄，万历间王世臣与其子王应徵所筑，别墅正沿千亩潭，时人称"天光上下，云烟万状，葑关外远近所未有"。潭上有桥六座，有亭三座，逶迤曲折，风景如画，三亭分题"六桥分胜"、"鸢飞鱼跃"、"水天一碧"，主人于潭上植荷花数千本，故取名锦潭，庄亦名锦潭庄。王世臣《潭上即事》云："谁人百战一身还，今日维摩到辋川。千顷烟波明掌上，六桥花雨落樽前。芙蓉别浦藏书屋，杨柳长堤系钓船。此卜菟裘吾欲老，君恩须在五湖边。"

金阶升《游千亩潭记》说："己卯秋尽，明甫载予游，溯洄由吴淞之半渗而取道以入，溪流奥隐，篱落深疏，更十数折而窈然极目，不复知桃花源何境矣。潭之四际，值亭榭以瞰清流者几，垂虹之卧波者几；溪湾水角，别具洞天，穴而进者几；玉屿中浮，围流相簇者几；茅檐鸡犬，林幕烟云者几；参霄之干，参差拱立，若抗若垂，若攫人而伺者几。潭口扃截外流，时其启闭。主人爰命决塞，放舟中流，啸傲凫鸥之上下，逐鳣鲔之潜泳。或陟远堤，放志于苍莽；或驾短舸，览奇于幽□。其为景物也，旷无断续，澹不经营，疏密无恒，隐现相得。吴地多金谷，视此皆笼槛中物耳。"又有长歌《千亩潭观荷》咏道："千亩潭中千朵莲，潭虽千亩莲一湾。一湾水旁列亭榭，亭中有个莲花仙。莲花仙是水中仙，太乙莲舟漾碧天。载酒时从江上还，甪里先生正叩关。莼羹鲈脍罗杯盘，笑谈风月正无边。亭亭碧葆弄漪涟，一朵才舒色倍妍。君子欲言仍莞尔，美人含笑正嫣然。风翻碧浪层层馥，雨溅银珠颗颗圆。甘脆不堪成大嚼，休夸玉井大如船。荷花才破芙蓉鲜，绿杨影里闻鸣蝉。芦苇萧萧烟水寒，莲花仙醒时吟赏。醉时眠，拂拂香风吹梦觉，起来落笔皆云烟。千亩潭，莲花仙，亭前种得一亩莲，聊结夏秋诗酒缘，西湖十里空浪传。赢得胡儿走马看，何不剪取吴淞半江水，灌溉潭中九百九十九亩田。"

尤侗与主人相熟，曾多次往游，他在《千亩潭记》中说："崇祯癸未七月之晦，予与王子禹庆避暑于甫里之千亩潭。其明日，泛舟潭中，日影有无，天光上下，水痕一碧，又澹澹之。予顾而言，此湖妆抹不下西子，惜无青青者扫眉黛耳。言已棹转，忽于树隙中见远山数点，澹冶如笑，不觉喜笑几坠水也。亡何风起青蘋，小雨丝丝，飞上衣袂，遂急回舟，故予诗云：'旧雨迟新客，远山卜近邻。'盖纪实也。至八月九日有事归，计居此潭者十日，恨不及见一见芙蓉城，然四堤杨柳，依依学小蛮舞，有牵衣惜别意，长系人去思。”这是崇祯十六年的事，未久，即国变乱离，尤侗再度往游，时正“秋风迟暮，芙蓉晓妆矣”，“水湄清浅，莲衣摇落，荇藻交横，一折入曲湾，遥望两岸芙蓉，艳若锦宫城，仿佛朱楼美人映户窥客，空中芦花荻花，随风而飞，枫叶点点，从溪旁流出，不减御沟红叶”。由此而感慨，“今日者，北望神京，甘泉烽矣；西望长安，潢池弄矣。汉家陵阙，半入西风残照中，则斯游也，正晋人所云‘风景不殊，举目有河山之异’。抚今感往，惟有河水淙淙，助我涕泣，其如能如昔日之临流赋诗、优游永日耶”？

又过了许多年，旧观不再，竟成寒烟荒草，刘蕃《千亩潭记》说：“无几何时，而四郊多垒，桑沧变迁，缙绅之家，门可罗雀，登临歌舞，阒无其人。潭之四围杨柳，摇曳依依者已剪伐过半，其芙蓉夹岸，艳丽夺朱楼美人，亦复西风憔悴。”锦潭庄的楼阁亭桥不存，千亩潭里的荷花却依然年年盛开，《国朝吴郡甫里诗编》有马万《吴淞竹枝词》，一首云：“吴淞江上是侬家，千亩潭中红藕花。绕岸芙蓉杨柳月，门前枯树靠渔叉。”又一首云：“江南江北过年华，每到秋深说看花。最爱浅堤衰柳畔，一群鸂鶒浪淘沙。”目睹这样的景象，谁会想到这里曾是一处风光绮丽如同西湖一般的地方。

梅花墅在甫里历史上最负盛名，坐落今姚家弄西，为许自昌所筑，地广百亩，潴水蓄鱼，榆柳纵横，花竹秀擢，辇石为岛，中有得闲堂、杞菊斋、浣香洞、小酉洞、招爽亭、锦淙滩、在涧亭、转翠亭、碧落亭、流影廊、维摩庵、漾月梁、秋水亭、竟观居、浮红渡、涤砚亭、湛华阁、滴翠庵、浥露桥、宿花亭、藏书楼、溪上村、暎阁、樗斋、莲沼、鹤籞、蝶寝诸胜。使之名声大张，且誉延至今日，缘的是钟惺的《梅花墅记》、陈继儒的《许秘书园记》和祁承㸁的《书许中秘梅花墅记后》，这三篇晚明小品佳作，为人们稔熟。钟惺举当时名园为例，如邹迪光惠山愚公谷，徐氏拙政园，范允临天平山庄，赵宧光寒山别业，但这些园墅"不尽园于水，园于水而稍异于三吴之水者，则友许元祐之梅花墅也"，可见梅花墅实在是水乡古镇上一个颇具规模的水园，且节录钟惺所记，以一窥园貌。

"大要三吴之水，至甫里始畅，墅外数武，反不见水，水反在户以内。盖别为暗窦，引水入园。开扉坦步，过杞菊斋，盘磴跻暎阁"。"登阁所见，不尽为水，然亭之所跨，廊之所往，桥之所踞，石所卧立，垂杨修竹之所冒荫，则皆水也"。"迹暎阁所上磴,回视峰峦若岫,皆墅西所辇致石也。从阁上缀目新眺,见廊周于水,墙周于廊,又若有阁亭亭处墙外者。林木荇藻,竟川含绿,染人衣裙,如可承揽,然不可得即至也。但觉钩连映带,隐露断续,不可思议"。"乃降自阁,足缩如循,褰渡曾不渐裳,则浣香洞门见焉。洞穷得石梁,梁跨小池,又穿小西洞,憩招爽亭,苔石啮波,曰锦淙滩。指修廊中隔水外者,竹树表里之"。"折而北,有亭三角,曰在涧,润气上流,作秋冬想,予欲易其名曰寒吹。由此行,峭蒨中忽著亭,曰转翠。寻梁契集,暎阁乃在下。见立石甚异,拜而赠之以名,曰灵举。向所见廊周于水者,方自此始,陈眉公榜曰流影廊。沿缘朱栏,得碧落亭。南折数十武,为庵,奉维摩居士,廊之半也。又四五十武为漾月梁,梁有亭,可候月,风泽有沦,鱼鸟空游,冲照鉴物。渡梁,入得闲堂,堂在墅中最丽,槛外石台可坐百人,留歌娱客之地也。堂西北,结竟观居,奉佛。自暎阁至得闲堂,由幽邃得宏敞,自堂至观,由宏敞得清寂,固其所也"。"观临水,接浮红渡,渡北为楼以藏书。稍入为鹤籞,为蝶寝流,君子攸宁,非幕中人或不得至矣。得闲堂之东流,有亭曰涤研,始为门于墙如穴,以达墙外之阁,阁曰湛华","向所见亭亭不可得即至者是也。

墙以内所历诸胜自此而分，若不得不暂委之，别开一境。升眺清远阁以外，林竹则烟霜助洁，花实则云霞乱彩，池沼则星月含清。严晨肃月，不辍暄妍”。“虽复一时游览，四时之气，以心准目，想备之，欲易其名曰贞萋。然其意渟泓明瑟，得秋差多，故以滴秋庵终之，亦以秋该四序也”。

梅花墅自然以梅花著名，钱允治《梅花墅歌赠许元祐》有“君园名署梅花墅，种梅已自成千树”之咏，王韬《漫游随录·古墅探梅》说：“墅本以梅花名，冬时花开，弥望皆是，不逊香雪海也，暗香疏影，浮动月华中，别开静境。自选佛场兴，月榭云房，风景顿异，不过二十年间，已有沧海桑田之感。余少时，尚存数十枝，老干纷披，着花妍媚。”可惜的是，道光二十九年的一场大水，那些梅树都被淹死了。

晚明时的梅花墅，是江南士人聚集的地方。因为主人既有传承之家财，自己又是一位精明的出版家，生活可以说是颇为阔绰的，有戏班，有美婢，有佳酿，有精馔，有下榻之室，有抚琴之居，更有这样一个人间难得的园子，天下名士也就接踵而来，凡有客来，许自昌都热情款待，在闳爽弘敞的得闲堂里，设歌舞之席，陈继儒《许秘书园记》说：“每有四方名胜客来聚此堂，歌舞递进，觞咏间作，酒香墨彩，淋漓跌宕于红绡锦瑟之旁。鼓五挝，鸡三号，主不听客出，客亦不妨拂袖归也。”钱允治《梅花墅歌赠许元祐》亦云：“清歌一曲酒千觞，妙舞千回醉万场。斗杓北指月西堕，犹自留人不下堂。主人好客更殊妙，六子森森尽文豹。引商刻羽掷金声，日与调人艺相较。分题寄胜日无何，烂熳盈篇卷帙多。”对于许自昌的生活，士人们是颇为钦羡的，陈继儒便说：“今玄祐不妄想而坐得之，又且登阁四眺，远望吴门，水如练，山如黛，风帆如飞鸟，市声簇簇如蜂屯蚁聚，而主人不出里门，部署山水。朝丝暮竹，有侍儿歌吹声；左弦右诵，有诸子读书声；饮一杯，拈一诗，舞一棹，沿洄而巡之，上留云借月之章，批给月支花之券；袍笏以拜石丈，弦索以谢花神。此有子之白乐天，无贬谪之李赞皇，而不写生绡、不立粉本之郭恕先、赵伯驹之图画也。”

梅花墅为许自昌侍亲而筑，时在万历三十六年，父亲许朝相八十寿辰。至天启元年，陈继儒、锺惺各为撰记，使之名声益彰。天启三年，许自昌逝世，其子许元溥继为园主。张采《梅花墅诗序》说：“江水周流，渺渺作势，中栽竹木，构亭榭，引桥接流，修廊断续，遂极雅胜。先生以娱亲辟园，园成忽殁，孟宏偕诸弟读书其中。先生养志，孟宏继志，游闲之地，孝思寓焉。”晚明风烟离乱，虽然梅花墅依旧，但已无复当年屐履麇集的盛况了，门庭冷落，深院寂寞，碧波残叶，红阑尘埃，蛛网结于屋角，破帷在冷风里轻轻飘动，一个衰败了的名门大族，再也没有能力来维持这样一个园墅的开销，于是便有舍墅为庵之举。梅花墅的大部分舍为海藏庵，一部分散作民居，还有一部分则许氏后人自己居住，然只是当年梅花墅的一角，仅有半亩之地，有诗两首为证，蒋楛《题梅花墅为许箕屋》云："怅望昆明劫火馀，十年不入子将车。隔墙钟鼓闻仙梵，半亩松筠读父书。过客已知居有竹，临渊休叹食无鱼。此生若不飘零去，常向兰亭共祓除。"又，马万《留别许不远于梅花墅》云："剪取名园半亩宫，著书何必恨途穷。与君相约须春晓，灵举风前暎阁中。"为别人居住的，便有沈氏的且闲居，乾隆时顾鸿时《且闲居秋景八咏序》说："沈子容轩雅工诗，其尊大父允仪先生构书舍，颜之曰且闲居，盖即许中翰梅花墅故址也。庭前则桂树连蜷，叠石成小山，其远峰之高出者曰灵举，岁久苔积，苍翠欲滴；旁凿方池，曰小沧浪，甃间置石鱼，引泉喷薄，作瀑布状；仰见荫阁，时有弹棋者，子声丁丁；然迤而东，古槐蟠屈，下覆石砌，少憩觉阴翳可爱。他若风篁拂槛、落叶堆床，皆眼前景，可罗致几席。”顾时鸿等拈题分赋，且闲居秋八景为灵峰积翠、沧浪浸月、古墅槐荫、石鱼喷水、小山桂露、银床落叶、荫阁棋声、疏帘竹影。似乎尚可流连，但毕竟只是梅花墅的一角了。

梅花墅终于成为一个逝去的梦，人们绘之以图，咏之以诗，想追忆它的胜观和雅韵，王韬《漫游随录·古墅探梅》记下了他见过的一幅梅花墅图："余所见一本，顾元昭临庄平叔笔也，工妙绝伦。中翰长孙王俨字孝酌题长歌一篇，叙其始末。图后归里中严氏，乞人题咏，韦君绣光黻二律最佳。其一：'绢海胶山迹尚存，伤心家国不堪论。梅开古雪春无主，钟度寒霜月有痕。土地祠留黄主簿，伽蓝神奉顾黄门。祇园香火消尘迹，能报平泉祖父恩。'其二：'樗斋隐迹感沧田，回首香云涌白莲。易代谁知丁卯宅，长歌忍溯甲申年。辋川画手师前辈，甫里高风替后贤。六直至今南下水，暮潮呜咽绕禅天。'"咸丰初，有人将这幅画携至沪上，王韬得以重睹，并题诗一首："梅花今已半枝无，为念梅花展旧图。回首故园悲寂寥，夕阳一抹下平芜。"可惜这幅画毁于太平军战火。

明代甫里园墅，除上述以外，还有周兴的眉寿堂和怡云轩，赵文的归悦堂，赵茂华的知过斋，徐国华的徐氏园，沈之翰的沈氏园，祝文秀的三省斋和思诚斋，杨潜的杨氏园，邵维时的虚舟，王绳的即是精舍等。值得一说的是，当时甫里的园墅主人和郡中士人交接频繁，士人们也将甫里作为一个近郊的游憩之处，为了感谢主人的盛情款待，或撰园记叙之，或作诗歌咏之，为主人扬名延誉，客观上也为甫里人物和园墅留下了珍贵的文献。如顾叔盛的林塘佳趣，王宾《林塘佳趣记》说："环堂之左右前后，其为林，贞篁刚柏覆地，隆隆然，气之爽无可以杂焉；其为塘，香菰幽莲被水，冲冲然，色之靓无可以亵焉。"如马绶的乐圃，文徵明《赠乐圃》云："羡君雅抱林泉趣，偏爱新除春更殷。编竹种花时对酒，倚窗听鸟欲留曛。洛中小适追司马，吴下高风继长文。从此隐沦殊自得，不知墙外有黄尘。"又，徐俊民《题乐圃》有"纡以九曲径，缭以百堵墙。艺蔬十馀品，种种含清香"之咏；向光振《题乐圃》有"树密墙深不见人，轩窗四合莓苔绿"之咏，由此可得乐圃高墙深院、树木茂盛的印象。再如金伯祥的安素堂，祝允明《笠泽金氏重建安素堂记》说："独取吾志所处山泽之区，宫一亩，田一顷，以安其中而不动乎外，虽非屡空，可谓素行乎。”归有光则为甫里两位亲戚的园墅作记，一是严润的莪江精舍，归有光弟归有尚娶严润之姑，因严润“念其先人早弃，讽诵《蓼莪》之诗，日日以泣，游行江上，痛流水之逝而不返也，故以莪江名其精舍”，归有光为作《莪江精舍记》，既表彰了严润的孝道，又暗寓着人世沧桑的悲凉；二是马用拯的花史馆，马用拯是归有光的妹夫，字子问，一生爱读《史记》，归有光《花史馆记》说：“余时过之，泛舟吴淞江，游白莲池，憩安隐堂，想天随先生之高风，相与慨然太息，而子问必挟《史记》以行。余少好是书，以为自班孟坚已不能尽知之矣，独子问以余言为然。间岁不见，见必问《史记》，语不及其他。会其堂毁，新作精舍，名曰花史馆。盖植四时花木于庭，而庋《史记》于室，日讽诵其中，谓人生如是足矣，当无营于世也。”这篇《花史馆记》表述了主人“观世如《史》，观《史》如花”的人生态度，这也是许多知识分子隐居后的心态。

清代甫里园墅建造风气，稍显寂寞。据旧志所记，有顾炜的藏书旧庐，吴志宁的持敬堂，陈三初的红杏堂，韩士昌的尚友堂，陈吾典的树德堂，汪缙的二耕堂，蔡廷杰的起亭，严禹鐄的东园，许名崙的碧存轩，严兴鳌的延秋馆等。略具规模的，大概是严禹沛的西圃草堂，禹沛字扶千，常熟人，寄居甫里，康熙五十四年进士，曾官山丹知县，所著《西圃草堂诗集》尚存于世。草堂在广济桥东，园中有自适轩、吟云轩、文石、老梅、岩桂等，园主及许名崙、陆贻琛、冯承宗等都有《西圃杂咏》，尽管描写引人入胜，想来也是溢美之词居多，当不了真的。

旧时的园墅，大都已消失在历史的尘埃里了，过去的池沼假山、花圃竹院，竟然一点陈迹也看不到了。晚近以来，建筑越来越密集，隙地越来越狭窄，人居环境发生了很大的变化，自然的或模仿自然的环境，演化成砖木结构的深宅大院，园墅的概念也就成为民居。晚清的民居，在如今甪直还有几处可看，作为江南古镇建筑的范例，并得以较好保存和整修的，有沈宅和萧宅两处。

沈宅在西汇上塘街，沈氏是镇上大族，门前有青砖照壁，大概因为门前有水的缘故，照壁上镌有“漪韵”两字。全宅布局为并排三路，纵深五进，如今已修复的，只有西路和门厅部分，西路大厅，今悬额“乐善堂”，高敞宏放，前后重轩，雕梁画栋，颇有大户财主家气象。大厅之东本是主人沈伯安的书房，叶圣陶在《甪直闲吟图题记》里回忆：“宾若之表兄沈伯安亦是镇上士绅，于其老屋中筑小书斋，布置自出心裁，窗明几净，书画盆栽皆有雅致。我三人得暇辄往访，到则无所不谈，而伯安尤好谈美，‘赏美’、‘伤美’常挂口头。”如今这书房改为旧时厨房铺摆，筑一假灶头，桌上还放着几样小菜，也不知用什么胶泥做成的，有点煞风景。

萧宅在中市街，和丰桥南堍，始建于光绪，后为萧氏所得。有前后五进，依次是门楼、茶厅、楼厅、厢楼、饭厅，布局较为紧凑。茶厅和楼厅构筑精致，颇多雕饰，楼厅前后重檐，楼下有书房，前有小庭院，数点湖石，几丛绿竹，显得幽静雅致。于楼上倚栏，一片瓦屋，几株老树，会让人想起陆游的诗来，“小楼一夜听春雨，深巷明朝卖杏花”。宅主的后人萧芳芳，生在上海，二岁时便随去了香港，后来以演电影得名，故楼上挂着不少她的照片，在这样一个地方，又有这样一个摩登丽人，真可看出新旧时代的交织和冲突来。

锺惺《梅花墅记》起首一段话，说得好极了，“出江行三吴，不复知有江，入舟舍舟，其象大抵皆园也。乌乎园？园于水。水之上下左右，高者为台，深者为室；虚者为亭，曲者为廊；横者为渡，竖者为石；动植者为花鸟，往来者为游人，无非园者。然则人何必各有其园也。身处园中，不知其为园，园之中各有园，而后知其为园。此人情也”。在甪直这样的地方，何必去寻找什么园林，屐痕所在，游目所至，就是一个饶有清趣的园林啊。

二〇二一年三月二十五日

# 后　记

今年暮春，芜湖桑农先生来电话，让我编一本近作，由安徽师范大学出版社刊行。答应之后，就在电脑里翻检，选十万字，固然不难，当将目录编出来，虽然只有二十四篇，却发现太“杂格咙咚”了。这是我近年写作的实际情形，想换一些篇什，也换不出什么花样来。如果按文章内容稍作分类，或许不这么凌乱，但我还是学周氏兄弟的做法，以写作时间先后为顺序。或许也有读者喜欢这样的编法，可以不断调整阅读兴味，看过一篇后，换换口味，换换思路，下一篇如果不感兴趣，就翻将过去，再看下一篇。这就像上饭馆赴筵席，并不是每道菜都要尝一尝，只管拣自己喜欢的吃就是了。

我谈不上什么学养，更没有什么专业，读书也就泛泛了，有什么书就读什么书，想读什么书就找什么书来读。读的态度，也是学鲁迅的“随便翻翻”：“书在手头，不管它是什么，总要拿来翻一下，或者看一遍序目，或者读几叶内容，到得现在，还是如此，不用心，不费力，往往在作文或看非看不可的书籍之后，觉得疲劳的时候，也拿这玩意来作消遣了，而且它也的确能够恢复疲劳。”我特别警惕时髦的书、得奖的书，或“年度十大好书”之类，这也如鲁迅所说：“我并不是说，天下没有指导后学看书的先生，有是有的，不过很难得。”（《且介亭杂文·随便翻翻》）至于我关心的话题，无非在饮食男女和乡土风物的范围内，可写得并不多也并不好，特别在学术思想上仍然不通，这就少了文章的灵魂，从这本小集，读者就可见端倪，我自己于此也很不满意。就文章作法来说，“文抄公”的作为，在有的文章里表现得越来越突出，这固然不合时宜，但我认为前人写得好的，不必再译成语体，无非保持文风的和谐就可以了。当年知堂被人称为“文抄公”，他就实事求是地说：“从民国六年以来写白话文，近五六年写的多是读书随笔，不怪小朋友们的厌恶，我自己也戏称曰文抄公，不过说尽是那么说，写也总是写着，觉得这里边不无有些可取的东西。”又说：“所以人家不理解，于别人不能有好处，虽然我十分承认，且以为当然，然而在同时也相信这仍是值得写，因为我终于只是一个读书人，读书所得就只这一点，如不写点下来，未免可惜。”（《药堂杂文·读书的经验》）我的文章，实在不必大家都喜欢，但懂的人总是有的，甚至我就是为那些读者写的，虽然人数不多，我已大有“知音”之感了。

在这本小集的《题记》里，我回想起童年时听到饧箫声，欣欣然奔出家门去买糖的情景。转眼间，我已年逾花甲了，时间如水流逝，光阴大可珍惜，读读书，或写点什么，在我无非是消遣岁月，只是让生活更加充实罢了。

二〇二一年十一月二十二日，小雪